HEYNE BÜCHER

Das Buch

Die ungarische Königskrone ist das bedeutendste Kronjuwel der Welt und eine der kostbarsten Reliquien der katholischen Kirche. Der Zigeuner Roman Grey, ein New Yorker Antiquitätenhändler und Kunstexperte, erhält vom Erzbischof der Stadt den Auftrag, die Krone des heiligen Stephans zu untersuchen, die gegen Ende des Zweiten Weltkriegs nach Amerika gebracht worden ist. Nach der Überprüfung will man sie einige Tage in der St.-Patricks-Kathedrale ausstellen und dann an Ungarn zurückgeben. Doch obwohl die Polizei zum Schutz der ungarischen Reichsreliquie die strengsten Sicherheitsvorkehrungen getroffen hat, entdeckt Grey nach einer Messe zu seiner Bestürzung, daß die Krone mit einer perfekten Fälschung vertauscht wurde – Auftakt zu einem Totentanz um eine Königskrone von unschätzbarem Wert.

Der Autor

Martin Cruz-Smith, 1943 in Philadelphia geboren, lebt seit vielen Jahren in New York. Er begann seine Karriere als Sportredakteur. Seit 1970 erschienen aus seiner Feder zahlreiche Kriminalromane und Thriller. Mit dem erfolgreich verfilmten *Gorki Park* wurde er weltberühmt. Als Heyne-Taschenbücher sind bereits erschienen: *Das Labyrinth* (01/9424), *Gorki Park* (01/9587) und *Polar Star* (01/8872).

MARTIN CRUZ SMITH

# TOTENTANZ

*Roman*

Aus dem Amerikanischen
von Heinz Kausträter

WILHELM HEYNE VERLAG
MÜNCHEN

HEYNE ALLGEMEINE REIHE
Nr. 01/9921

Titel der Originalausgabe
CANTO FOR A GYPSY

Der Band erschien bereits unter dem Titel
»Totentanz um eine Königskrone«.

Umwelthinweis:
Das Buch wurde auf
chlor- und säurefreiem Papier gedruckt.


Wilhelm Heyne Verlag GmbH & Co. KG, München
Printed in Germany 1996
Umschlagillustration: Bildagentur Mauritius/Vidler, Mittenwald
Umschlaggestaltung: Atelier Ingrid Schütz, München
Satz: (2535) IBV Satz- und Datentechnik GmbH, Berlin
Druck und Bindung: Ebner Ulm

ISBN 3-453-10810-8

# 1

St. Patrick lag unter ihnen, das Allerheiligste eingefaßt von Arkaden und Kommunionbänken, endlose Gestühlreihen, zu Stein gewordener Glaube.

Der Priester hatte die Sakristei und alle zwanzig Kapellen besichtigt und er war froh, sich nun in der Kühle der Empore, hoch über der Betriebsamkeit der Gottesverehrung, ausruhen zu können. Sein Führer, ein Kirchendiener mit emaillierter amerikanischer Flagge im Knopfloch, verkündete sein Urteil. »Die Frauen sind die schlimmsten.«

Der Priester hob in gespielter Entrüstung die Brauen.

»Doch, doch«, fuhr der Fremdenführer fort. »Sie kommen herein, nehmen hinter einer anderen betenden Frau Platz und vertauschen die Handtaschen. Die Kerzenleuchter müssen wir anketten, sonst würden sie die auch noch mitnehmen.«

»Eine regelrechte Brutstätte des Verbrechens, könnte man meinen. Aber Sie wollten mir von der Trauerfeier für Präsident Kennedy erzählen.«

»Richtig. Da, wo wir uns jetzt befinden, und auf den anderen Emporen und auf der Orgelbühne waren damals Geheimdienstleute. In unserem Raum hatten sie ihr Hauptquartier eingerichtet«, erinnerte er sich verärgert. »Sie kannten diesen Bau in- und auswendig.«

Der Priester war in den Anblick eines Schwarms japanischer Touristen versunken, die mit Kameras und Notizbüchern ihrem Führer folgten. »Wäre das nicht auch einem Attentäter möglich?« sinnierte er. »Ich meine, sich die Baupläne zu beschaffen?«

»O nein! Um von der städtischen Baubehörde die Pläne zu bekommen, bedarf es einer schriftlichen Genehmigung des Administrators.«

»Ah.« Der Priester richtete sich auf. Er war ein Mann mittleren Alters, aber in guter körperlicher Verfassung, und sein Schnurrbart erregte in dem Kirchendiener den Verdacht, er könnte vielleicht einer Hippiegemeinde vorstehen. Zu Beginn des Rundgangs hatte der Priester bereits festgestellt, daß das Dienstpersonal ausschließlich aus Schwarzen oder Spaniern zu bestehen schien. »Vielen Dank für die Führung, Mr. Grimm. Übrigens, hatten die Leute damals Pistolen oder Gewehre?«

»Hier oben?« fragte er verblüfft. »Gewehre natürlich. Es war wie eine militärische Operation.«

»Sie haben recht, natürlich.« Durch einen Nebenausgang gelangte der Priester zum benachbarten Verwaltungsgebäude. Der Administrator war nicht zu Hause, und der Priester wurde von den Damen im Vorzimmer aufgeklärt, daß er sich einen Termin geben lassen müsse, wenn er den Monsignore nach dessen Rückkehr zu sprechen wünsche.

»Ich habe gerade mit ihm gesprochen«, sagte der Priester. »Er sagte, ich solle in seinem Büro warten.«

»Also wirklich! Der Monsignore ist unmöglich. Wozu braucht er dann eigentlich noch eine Sekretärin?«

»Darf ich?« Er ging ins Büro des Administrators.

Das Bürofenster war dem Einblick der Passanten auf der Madison Avenue entzogen. Im Vorzimmer knallte ein Schreibmaschinenwagen gereizt gegen den Anschlag.

Er öffnete die Schreibtischschublade und fand, was er suchte: Briefpapier, Umschläge und eine handschriftliche Mitteilung mit einer brauchbaren Unterschrift des Monsignore.

# 2

Die erste große Vertreibung von Menschen, die sich ›Roma‹ nannten, fand um das Jahr 1000 unserer Zeitrechnung in Indien statt. Sie machten sich in ihren Wagen auf den Weg, reparierten Metallwaren, sprachen eine Abart des Sanskrit und betrieben Wahrsagerei. Einige zogen durch Palästina, folgten der afrikanischen Mittelmeerküste und setzten mit den Mauren nach Spanien über. Dort wurden sie unter dem Namen ›Gitanos‹ bekannt. Der nördliche Zweig gelangte über Byzanz in die Balkanländer. Im Gebiet der Moldau-Walachei, im heutigen Rumänien, wurden sie gejagt und versklavt, aber bis zu Beginn des 14. Jahrhunderts hatten sie dennoch in so großer Zahl überlebt, daß das gesamte westliche Europa von ihnen heimgesucht wurde. Gewöhnlich trugen sie gefälschte Schreiben des Heiligen Vaters bei sich, in denen die christlichen Landesfürsten gebeten wurden, die Fremdlinge aufzunehmen. Sie seien, so stand es in diesen Briefen, Pilger aus dem Heiligen Land, die wegen einer Glaubensverirrung zur ewigen Wanderschaft verurteilt seien. Da die Briefe Ägypten als ihr Ursprungsland auswiesen, nannte man sie in England, bis wohin sie schließlich vorgedrungen waren, Egyptians, später Gyptians und schließlich Gypsies.

In Spanien saßen die Gitanos. In anderen Ländern nannte man sie Tschingiané, Cinganin, Cigánu, Cigány, Zingari, Cigonas, Ciganos oder Zigeuner. Auf dem ganzen europäischen Kontinent erhoben Kaldera-Zigeuner die Gold- und Waffenschmiedekunst fast zu einer Art geheimer Magie. Die Sinti, nach ihrer Herkunft von den Ufern des Sind so genannt, breiteten sich von den Tieflanden zum Schwarzen Meer aus, und ein Stamm wilder Räuber und Mörder, die Tschurari, zog nach Norden weiter, um auf den russischen Straßen Angst und Schrecken zu verbreiten.

Als letztem Stamm gelang den Lovari die Flucht aus Ungarn; sie werden daher noch heute von älteren Zigeunersippen in Frankreich und Spanien Hongrois oder Hungaros genannt, aber am Ende waren sie es, die den nachhaltigsten Eindruck hinterließen. Sie betätigten sich nicht nur als Schmiede, Musikanten und Wahrsager, sondern kontrollierten in Friedenszeiten den europäischen Pferdehandel und bildeten im Krieg Söldnerheere. Königin Elizabeth von England befahl ihre Ausrottung bis auf den letzten Mann, aber es gelang ihr eher, ihre Insel vom Papst zu befreien als von den Roma.

Die ersten Zigeuner, die den Atlantik überquerten, waren Gitanos im Gefolge von Cortés und Pizarro. Die stolzen Lovari kamen als verurteilte Verbrecher, die französischen Roma zu Schiff nach Biloxi im Louisiana-Territorium und die englischen Roma nach New England. Ihrem Sinn für Freiheit kam die Neue Welt entgegen, und bald fanden sich immer mehr Stämme freiwillig hier ein. Einige reisten so oft zwischen der Alten und der Neuen Welt hin und her, daß man ihnen schließlich Doppelnamen gab, wie den Turko-Amerikanern. 1950 gab es in den USA schätzungsweise 50000 Roma, aber, wie ein Polizei-Captain, der sich von Dienst wegen mit ihnen zu befassen hatte, damals sagte, ließ sich die Zahl der an einem bestimmten Tag in New York anwesenden Zigeuner ebensowenig angeben wie die Zahl der Tauben in einem Baum.

Wie anderswo legten sich die Roma in Amerika *gaja*-Namen zu: Petulengro, Schmied, wurde zu Smith, und aus Gry, Pferd oder Mann, der mit Pferden handelt, wurde Grey.

Als die Sonne den Regen endgültig verdrängt hatte, hielt ein Zigeuner namens Romano Gry den Zeitpunkt für gekommen, den Antiquitätenhändler Roman Grey aus der Welt zu schaffen. Mit einem langen, gezähnten Messer sägte er einen massiven Schaumstoffwürfel in zwei saubere Hälften. Die Zigarette zwischen seinen Lippen war feucht vom Schweiß, und seine scharfen Gesichtszüge glätteten sich hinter dem blauen Rauch. Er tauschte das lange Messer gegen ein kurzes, zweischneidiges Stilett und höhlte die beiden Hälften des Würfels aus. Als er damit fertig war, hatte er zwei

Formen, in die die beiden Ormululeuchter samt den ledernen Schutzbeuteln für das *or moulu*, die Goldbronzeschicht, lose hineinpaßten. Es war mühsame Arbeit, aber er konnte ja nicht wissen, wie lange seine Reise dauern würde, und eventuell mußten die Stücke in ihren Behältern immer wieder an einen anderen Ort transportiert werden, falls die Polizei sie beschlagnahmen wollte. Er war gerade dabei, die beiden Würfelhälften mit Klebeband wieder zusammenzufügen, als die Ladentür geöffnet wurde und er seinen *gaja*-Namen rufen hörte.

Roman tippte ungeduldig mit der Messerspitze in seine Handfläche. Der Kunde konnte ihn vom Ladenraum aus nicht sehen; er würde einfach warten, bis der Mann wieder ginge. Vorn inspizierte indes der Kunde den Laden, der aussah wie ein zum Flohmarkt gewordenes Museum. Regence-Sessel hingen an den Wänden neben aufgerollten heliotropfarbenen Perserteppichen; Meißner und Mennecy-Porzellan, in Kisten verpackt, zwischen Seidendrucken und Gobelins, von denen jedes einzelne Stück in einem anderen Laden der East Side getrennt für sich und dramatisch beleuchtet zur Schau gestellt worden wäre. Das einzige Lebenszeichen war eine Katze, die von einer Ottomane auf einen Kabinettschrank und von da auf eine teilweise restaurierte hochbeinige Chippendalekommode hochsprang. Der Kunde nahm befriedigt den Platz der Katze auf der Ottomane ein. Seine Freude erreichte ihren Höhepunkt, als er sah, daß er nicht mehr allein war.

Der Mann, der aus dem Hinterzimmer trat, war für einen Zigeuner sehr groß, und seine Statur ließ ihn noch größer erscheinen. Sein schwarzes Haar war vom Schweiß gekräuselt und gab seinem tiefbraunen Gesicht einen Ausdruck, der weniger schön als interessant war. Roman hatte schon auf mehr als einen seiner Besucher nicht so sehr wie ein Antiquitätenhändler als vielmehr wie ein finsterer Barbar gewirkt. Falls sich jedoch die Gedanken des Kunden auf dieser Linie bewegten, so sollte ihn ein Blick aus den skeptisch-klugen Augen des Händlers eines anderen belehren.

»Sie sind gewiß Mr. Grey.«

»Nur noch für eine Woche. Was kann ich für Sie tun?«

»Mein Name ist John Killigan.« Sein Blick fiel auf das Messer in Romans Hand. »Ich hoffe, ich störe nicht bei etwas Wichtigem.«

»Entschuldigen Sie.« Roman legte das Stilett aus der Hand und musterte seinen Besucher von oben bis unten. John Killigan mochte etwa Mitte Sechzig sein, ein schmaler, eleganter Mann mit streng zurückgekämmtem weißen Haar. Der Anzug war teuer, und außer dem Hemd war alles an ihm, von den Schuhen bis zu dem Hut, den er in seinen langen Fingern hielt, schwarz.

»Sie gestatten doch, daß ich mich setze?« sagte Killigan, nachdem er wieder auf der Ottomane Platz genommen hatte.

»Ich sage es lieber gleich: Falls Sie irgend etwas Besonders bestellen wollen, kann ich Ihnen leider nicht helfen. Ich schließe das Geschäft in ein paar Tagen.«

»Wie lange werden Sie fortbleiben?« fragte Killigan unbeirrt.

»Ich weiß nicht.«

»Eine Geschäftsreise oder nur zum Vergnügen?«

Ohne es zu wollen, mußte Roman lächeln. Der alte Herr schien recht hartnäckig zu sein.

»Das muß wunderbar sein«, fuhr Killigan fort, ohne eine Antwort abzuwarten. »Einfach packen und verreisen, ohne zu wissen, für wie lange. Ich bin sechsundsechzig, wissen Sie, und ich bin noch nie allein und nur zum Vergnügen verreist. Es kommt wohl daher, daß ich für eine Institution arbeite. Dann kann man einfach nicht sein eigenes Leben führen.«

»Ja, so wird es wohl sein.«

Romans Neugier war inzwischen geweckt, denn Killigan machte nicht den Eindruck eines Mannes, der sich mit belangloser Unterhaltung abgab. Der Zigeuner zog einen Stuhl heran und setzte sich. Als er eine Packung Gauloises aus der Tasche nahm, lehnte Killigan zu seiner Überraschung nicht ab. »Sie finden es sicher seltsam, daß jemand nicht sein eigenes Leben führt«, meinte Killigan. »Aber Sie dürfen nicht vergessen, daß Sie die Ausnahme sind.«

»Ach, wissen Sie, genau das hat schon einmal jemand zu mir gesagt, und zwar ein sehr verständnisvoller Polizist. Es tut mir übrigens leid, aber ich habe den Namen Ihrer Institution nicht verstanden.«

»Das ist nichts im Vergleich mit dem, was ich an Ihnen nicht verstehe, Mr. Grey, aber wir werden uns schon noch kennenlernen. Sie sind Experte für Antiquitäten aller Art, wie ich höre. Goldschmiedearbeiten zum Beispiel.«

Als Roman auf weitere Erklärungen wartete, wechselte Killigan das Thema. »Waren Sie schon einmal in Ungarn?«

»Ja.«

»Sprechen Sie Ungarisch?«

Roman nickte.

Killigan fragte auf ungarisch: »Haben Sie die katholische Taufe empfangen?«

»Ja, und ein paar andere dazu«, antwortete Roman in derselben Sprache und verfiel dann wieder ins Englische. »Was hat das mit Goldschmiedearbeiten zu tun? Ich fühle mich keineswegs beleidigt, aber ist es möglich, daß Sie der Vollstrekker eines Testaments sind, in dem ausdrücklich festgelegt ist, daß nur ein Ungarisch sprechender Katholik den Nachlaß taxieren kann?«

»Nein, nein«, lachte Killigan. »Aber ich werde in Kürze in den Besitz einiger Stücke gelangen, und ich brauche dann jemanden, der sie abschätzt und sie für eine oder zwei Wochen in Verwahrung nimmt.«

»Das klingt ganz nach einer Ausstellung in einem Auktionshaus. Parke-Bernet sind dafür weit besser geeignet als ich.« Er deutete auf seinen Laden. »Wenn ich versuchte, hier etwas auszustellen, würde ich es nie wiederfinden.«

»Über die Ausstellungsmöglichkeiten verfüge ich selbst.«

»Sie meinen Ihre Institution?«

»Ja.«

Roman beugte sich vor. »Offensichtlich wollen Sie mir den Namen dieser mysteriösen Institution nicht nennen. Vielleicht könnten Sie mir dann sagen, wer mich Ihnen empfohlen hat oder auch nur, um welche Stücke es sich handelt oder aus welcher Werkstatt sie stammen?« Er ließ seinem Gegenüber Zeit zu antworten. »Mr. Killigan, ich muß sagen, man hat mir schon verlockendere Angebote gemacht.«

»Das Honorar wäre auch nicht sehr hoch.«

»Sehen Sie, was ich meine? Außerdem werde ich ja sowieso nicht hier sein, und es gibt in der Stadt mindestens fünfzig Juweliere, die auf Auktionen spezialisiert sind.«

»Aber meine Juwelen sind etwas Besonderes.«

»Mr. Killigan, gestatten Sie mir die Frage, wieviel Sie von Juwelen verstehen?«

»Nicht sehr viel. Darum bin ich hier.«

»Die große Masse der Juwelen in Privathand ist Ramsch. Die interessanten Stücke, byzantinisch, indisch oder keltisch, befinden sich fast alle in Museen. Selbst wenn ich nicht die Absicht hätte zu verreisen, würde ich mich kaum mit billigem Auktionsfutter abgeben wollen.«

»In meinem Fall kann man kaum von Futter sprechen.«

»Merkwürdig.« Roman schüttelte den Kopf. »Sie bestehen also immer noch darauf, daß ich mich bereit erkläre. So viel Vertrauen hätte ich nicht einmal von einem Privatbankier erwartet.«

Das Vergnügen, das in Killigans Augen funkelte, strafte die Trauerkleidung Lügen. »Ich sehe, Sie haben Ihre Prinzipien, Mr. Grey.« Als er sich zum Gehen erhob, fiel sein Blick auf die Katze. »Übrigens sehe ich, daß Sie diese Kommode restaurieren. Nur hypothetisch: Wie lange würde es dauern, eine Imitation eines solchen alten Stücks anzufertigen?«

Roman trat an das fragliche Möbelstück heran. Geistesabwesend streichelte er die Katze. »Es ist unmöglich.«

»Aber es wird doch gemacht, wie ich gelesen habe. Ich

glaube, man wählt dazu irgendein altes, wurmstichiges Holz.«

»Man versucht es. Aber sobald man die alte Deckschicht abträgt, stellt man fest, daß das Holz immer wurmstichiger und fauliger wird. Man kann nicht einfach eine neue Fassade auftragen, wenn innen alles verfault ist.«

Killigan wurde nachdenklich. »Sie wollen also nicht für mich arbeiten?«

»Ich verreise.«

»Das steht in Gottes Hand.« Bevor Killigan ging, streichelte er noch einmal über den schwarzen Rücken der Katze. »Ein schönes Tier. Wie heißt es?«

»Beng.«

»Beng?« Killigan setzte den Hut auf, als Roman ihm die Tür öffnete. »Der Name des Teufels, nicht wahr?«

»Woher wissen Sie...?«

»Ich mache zwar keine Vergnügungsreisen, aber ich bin doch schon herumgekommen, geschäftlich sozusagen. Auf Wiedersehen!«

Er verließ den Laden, und Roman sah ihm nach, wie er mit langen, raschen Schritten die Straße hinunter verschwand.

Wieder allein machte sich Roman erneut an die Arbeit, bis fünf große Kisten mit Leuchtern, Services und Uhren an den Wänden des Hinterzimmers standen. Er war gerade dabei, den ersten der Teppiche zu verschnüren, als Kore kam.

Kore war ein Lovari wie Roman, ein Riese von Gestalt, dem das lockige rote Haar unter dem fleckigen Filzhut hervorquoll. Kores Kleidungsstücke erlitten immer das gleiche Schicksal: Modisch elegant am Tage der Anschaffung, zerknittert am Tage danach, wurden sie dann bis zur völligen Auflösung getragen. Seit einer Woche war er damit beschäftigt, Romans Kisten zu einem Lagerhaus in Queens zu transportieren. Er fühlte sich also hier zu Hause, schenkte sich ein Glas dampfend heißen Tee ein und ließ sich, ohne zu fragen, auf einen Stuhl sinken, der unter seinem Gewicht bedrohlich ächzte.

»*Aukko tu pios adrey Romanes!*« prostete er Roman zu, indem er den starken Tee an die Lippen hob.

Roman, eine dicke Schnur zwischen den Zähnen, saß rittlings auf einem aufgerollten Teppich. Es war ein Broussa, schwere Seide mit Kupferfäden durchwirkt und nur wenig biegsamer als ein Dielenbrett. Kore zog ein buntes Werbefaltblatt aus der Jackentasche und las: »›Das I-Tüpfelchen für den Mann von Welt.‹ Pah! Ich war fünfzehn, als ich mir meinen ersten Cadillac zulegte.« Er faltete das Blatt voll auseinander und bewunderte das Modell eines Eldorado, das der Werbezeichner vor den mondänen Hintergrund einer schikken Segeljacht gesetzt hatte. »Ich schwärme für einen mit eingebauter Bar. Was, glaubst du, werden die spanischen Zigeuner für Augen machen, wenn wir in einem solchen Wagen Einzug in Barcelona halten? Die werden platzen vor Neid! Wir werden freie Auswahl unter den Mädchen haben. Du nimmst dir eine Sängerin, ich mir eine Tänzerin, dann haben wir für den Rest unserer Reise ausgesorgt. Was hältst du von meiner Idee, Romano?«

Roman mühte sich mit dem Teppich ab. Schweißperlen liefen ihm das Gesicht und den Nacken hinunter.

»Persisch«, bestimmte Kore mit Kennerblick.

»Türkisch«, knurrte Roman.

Kore zog geräuschvoll hoch. Er löffelte Erdbeermarmelade in seinen Tee und rührte ihn ungeachtet der Hitze mit dem Zeigefinger um.

»Meine Idee mit den spanischen Gitanas gefällt dir also nicht? Du willst tatsächlich dieses *gaja*-Mädchen mitnehmen?«

Roman knurrte nur wieder. Der Teppich war eine stramme Rolle, etwa so dick wie eine Gasflasche. Er langte um die Rolle herum, um die Schnur aus seinem Mund zu nehmen.

»Willst du ihr auch die Wahrsagerei beibringen? Sie zu einer Taschendiebin machen? Zu einer echten *Români chi?* Es sollte mich bei dir nicht mehr wundern!« Kore kniff die Augen zusammen. »Und du warst einmal ein echter Rom, und was für einer! Aber das war, bevor du Teppichhändler geworden bist. Schau dich doch an! So schwach, daß du nicht mal einen Teppich aufrollen kannst!«

Romans Hand griff ins Leere, und die Schnur fiel auf den Boden. Kore stand auf, ging um Roman herum und beobachtete gelangweilt seine einhändigen Bemühungen um die entfallene Schnur.

»Ich sehe dich schon in fünf Jahren: Kein Umherziehen mehr mit den Roma – aus und vorbei. Fernsehapparate wirst du verkaufen, ein kleiner, schwächlicher *gajo*, ohne Farbe im Gesicht. Mein Gott, sag mal, du hast wohl Mühe mit dem Teppich, was, kleiner Bruder?«

»Möchtest du helfen?« fragte Roman gleichmütig.

»Gib nur her!«

Kore ließ sich Zeit, einen Platz für sein Glas zu finden, ehe er seine wuchtigen Pranken nach dem Teppich ausstreckte. Roman wartete, bis Kore ihn in den Griff bekommen hatte, dann ließ er los. Mit der Wucht einer Kupferdrahtrolle flog der schwere Teppich auf und schlug Kore den Hut vom Kopf. Ein gutes Stück Teppich wellte sich durch die Luft, und Kore wankte wie Laokoon durch das Zimmer und versuchte, den Teppich am völligen Aufrollen zu hindern. Roman lehnte sich an eine Kiste und schlürfte genüßlich den Tee aus Kores noch halbvollem Glas.

»Nun, du ahnungsloser kleiner Autodieb, was wolltest du doch gleich sagen?«

»Hilf mir, um Himmels willen, pack mit an!«

»Das nenne ich ein Gewebe. Sechshundert Knoten auf den Quadratzoll – das macht ihnen so leicht keiner nach! Aber wieso sage ich das einem Experten wie dir?«

*»Avata acai!«*

»Ach was, du brauchst keine Hilfe. Du verstehst doch zuzupacken.« Er stellte das leere Glas ab. »Viel Glück, mach's gut! Der Teppichhändler hat anderes zu tun.«

»Romano, wo gehst du hin?« rief Kore. *»Romano, as Develesky!«*

Roman schlenderte nach vorn in den Laden, um zu sehen, was Kore sonst noch ins Lagerhaus mitnehmen konnte. Aber er war nur halb bei der Sache; seine Gedanken waren draußen, jenseits der Ladentür, jenseits der Stadtmauern, auf der Straße, wo die Landschaft langsam vorbeizog, wo die Luft sanft nach Rosenpaprika duftete und wo man sein Lager neben befreundeten Wanderern aufschlug.

Das Dumme war nur, daß Kore recht hatte: Diesmal war es anders – wegen Dany.

## 3

Gegen Vorlage eines Gesuchs auf gestohlenem Briefpapier mit dem Kopf der kirchlichen Behörde und der gefälschten Unterschrift des Administrators Burns wurden Odrich aus dem Stadtarchiv die Grundrißzeichnungen sowie die Pläne der Installationen und der elektrischen Anlagen der St.-Patricks-Kathedrale ausgehändigt. Er studierte sie drei Tage lang und kehrte am Abend des dritten Tages zur Kathedrale zurück.

Die Residenz des Kardinals war das genaue Spiegelbild des Verwaltungsgebäudes. Ein Streifenpolizist war zwanglos auf dem Bürgersteig postiert, und Odrich wußte, daß die Türen und Fenster durch Alarmanlagen mit der nächsten Polizeiwache verbunden waren.

Odrich bog von der Madison Avenue in die 50. Straße ein. Oben an der Ecke 50. Straße und Fifth Avenue stand ein weiterer Posten. Odrich ging die Treppe zum Südeingang des Querschiffs hinauf. Im Schatten des Portals studierte er die Rückseite des Kardinalspalais.

Das Gebäude war drei Stockwerke hoch. Ein überdeckter Privatgang führte bis fast an die Kirche heran. Der Rest der Fassade war ein Konglomerat viktorianischer Skulpturarbeit, besonders die Fenstererker und die Giebel. Über zwei maurischen Fenstern im Mittelgeschoß lag ein einzelnes gotisches Fenster, und daneben erhob sich ein zweigeschossiges Fenster, dessen Giebel bis unter die Dachlinie reichte.

Odrich nahm Anlauf auf die Mauer des Ganges zu. Seine Hände bekamen die Oberkante zu fassen, er zog sich hinauf und wälzte sich auf die Überdachung. Er blieb auf dem Bauch liegen, während einer der Posten von der Straßenecke bis zur Mitte des Blocks ging, dort kehrtmachte und zurückkam. In dem Zimmer hinter den maurischen Fenstern brannte Licht. Er schaute hinein und sah einen Mann am Schreibtisch arbeiten. Ein Feuerwehrwagen heulte die Madison Avenue hinauf, ohne den Mann am Schreibtisch in seiner Konzentration zu stören. Odrich zog sich an der Mauerrinne über dem Fenster hinauf. Nun brauchte er nur noch die breite Giebelschräge hinaufzugehen, und er war auf dem Dach des Gebäudes.

Auf dem Dach befanden sich eine Klimaanlage, ein Schornstein und ein Ausgang vom Obergeschoß. An der Tür fehlte die Außenklinke, aber er stellte mit Genugtuung fest, daß das Schloß nicht besser war als ein ganz gewöhnliches Badezimmerschloß. Jedenfalls leistete es seiner Kreditkarte aus Plastik nicht lange Widerstand.

Im Obergeschoß lagen die Arbeitsräume und eine Bibliothek. Im Mittelgeschoß sah er das Licht aus dem Zimmer, an dem er auf seinem Weg nach oben vorbeigekommen war. Er schlich die Treppe zu den Büroräumen im Erdgeschoß hinunter.

Das Büro des Kardinals war das größte. Die Einrichtung war karg und zweckmäßig. Zwischen zwei Fenstern stand ein riesiger Schreibtisch, und draußen sah Odrich den Posten vorbeigehen.

Eine der Schubladen war verschlossen, und auf diese konzentrierte sich Odrich. Wieder benutzte er seine Kreditkarte, und schon nach kurzer Zeit sprang die Lade auf. Er lauschte einen Moment. Vom Treppenhaus war nichts zu hören, aber irgendwo im Haus rauschte eine Wasserspülung.

Die Liste, die er suchte, lag obenauf. Ein Name war angekreuzt.

Er ließ die Liste in der Schublade. Für den Rückweg übers Dach und weiter, wie er gekommen war, brauchte er zwanzig Minuten. Auf der Fifth Avenue nahm er ein Taxi und ließ sich zum ›Plaza Hotel‹ bringen.

In seiner Suite holte er eine Flasche Würzburger aus dem Kühlschrank, um den Erfolg zu begießen, dann wählte er die Nummer des ›Commodore Hotel‹. Nicht die leiseste Spur deutete darauf hin, daß er sich soeben als Fassadenkletterer betätigt hatte, keine Knitterfalte in seinem Sommeranzug, keine verrutschte Locke in seinem silbergrauen Haar. Er trug ein Armband, aber keinen Ring, der ihn beim Klettern behindern konnte. Sein braungebranntes Gesicht verriet Kraft, der Blick seiner tiefliegenden grauen Augen war geduldig wie der eines Beichtvaters.

Eine Stimme meldete sich in italienischer Sprache am Telefon. »Die Fotos hängen zum Trocknen im Badezimmer.«

»Die Filme?« fragte Odrich. »Morgen. Wir mußten sie ins Labor geben. Sonst noch was?«

»Ich habe einen Namen.« Odrich schrieb ihn auf das beschlagene Glas, während er sprach. »Roman Grey. Stellt fest, wo er seinen Laden hat, damit wir ihm einen Besuch abstatten können.«

Der Mann am anderen Ende der Leitung zögerte. »Wird das nicht schwierig sein? Ich meine, ihn zu beeinflussen.«

»Antiquitätenhändler sind allesamt Schwindler; das liegt in der Natur ihres Gewerbes, Jozsef. Ich denke, wir haben ihm genug Geld zu bieten. Wenn nicht, ist es sein Pech.«

»Der Schwarze, den ich suchen sollte, ist schon gefunden.

»Sehr gut. Er soll sich für alle Fälle bereithalten.«

»Ist das alles?«

»Nein.« Odrich überlegte kurz. »Der Sicherheitschef, Reggel. Ich bin zu dem Schluß gekommen, daß es besser wäre, ihn, wenn möglich, aus dem Weg zu räumen. Es könnte wie ein Unfall oder ein Attentat aussehen.«

Auch nachdem Odrich aufgelegt hatte, wich die Spannung nicht. Er schritt im Zimmer auf und ab, starrte aus dem Fenster in den Central Park. Schließlich ging er an den Kühlschrank und holte eine zweite Flasche Bier heraus. Dann nahm er einen Koffer aus dem Schrank und öffnete ihn auf seinem Bett.

Der Koffer war voller Schachteln mit Modeschmuck, wie auf der Zollerklärung stand: Halsketten, Tiaren und Armbänder mit farbenprächtigen Similisteinen in vergoldeten Bronzefassungen. Odrich nahm eine der größeren Schachteln heraus. Er trank noch einen Schluck Bier, mehr um das Ereignis hinauszuzögern als wegen des Geschmacks. Dann hob er den Deckel ab und legte ihn neben die Flasche. Die Knäuel aus Zeitungspapier plazierte er um das Kopfkissen herum. Und erst als er den letzten Tropfen Bier ins Glas geschenkt hatte, gestattete sich Odrich einen direkten Blick auf die rotgoldenen Bögen, das grüngoldene Diadem, die Gemmen und Emailmalerei und das markante schiefe Kreuz, das die Krone als die Krone des heiligen Stephan, die Heilige Krone von Ungarn, auswies.

## 4

Dany Murray trug einen von Romans Bademänteln. Sie warf ein Kleidungsstück nach dem andern in den Koffer. Sie hatte weit auseinanderliegende haselnußbraune Augen, ihr braunes Haar glänzte wie auf den Titelseiten der *Vogue*. Die vollen Lippen waren nachdenklich vorgeschoben, und ihre langen Beine bewegten sich, wie es die Grundposen aus dem Lehrbuch des Berufsmodells vorschrieben. Jede Bewegung war unbewußt graziös wie die einer Katze und strafte die innere Spannung des jungen Mädchens Lügen. Macht der Gewohnheit. Roman hatte ihr nur einen kleinen Koffer für das Auto erlaubt, und sie packte ihn nun schon zum zehntenmal.

Nach jedem Durchgang betrachtete sie den Kleiderschrank, und mit Entsetzen sah das Mannequin in ihr all die absolut notwendigen Sachen, die sie zurücklassen sollte: die Bill Blass Boots, den Haartrockner, die Valentino-Hosen, um nur einiges zu nennen.

»Warum mag Kore mich nicht?« fragte sie. »Meint er, ich bin für euch ein Klotz am Bein?«

Die Antwort kam in Romani. Dany ließ ihren Kleiderberg allein und ging ins Wohnzimmer. Roman war an seinem Schreibtisch mit der Inventarisierung der in der Wohnung belassenen Antiquitäten beschäftigt.

»Könntest du das bitte wiederholen?«

»Ich dachte, du wolltest Romani lernen.«

»Manchmal verstehe ich alles. Diesmal so gut wie gar nichts.«

»Ist doch ganz einfach, Dany. Man sagt *tu* – genau wie im Französischen.

»Du weißt genau, daß ich nicht Französisch kann. Wo soll ein Mädchen in Detroit schon Französisch lernen?«

Er seufzte.

»Jetzt bist du böse«, sagte sie. Es war warm, und Roman saß mit nacktem Oberkörper da. Sie massierte seine Schultern.

»Ich bin nicht böse. Ich frage mich nur, mit wem außer mir du reden willst, wenn wir erst da sind.«

Aber so leicht ließ sich Dany nicht aus der Fassung bringen. Sie war glücklich, wenn sie nur mit Roman sprechen konnte. »Sag mir noch mal, wohin wir fahren.«

»Barcelona. Sofia. Budapest.«

Ein leichtes Unbehagen machte sich in ihrem Magen bemerkbar, aber sie lächelte tapfer. »Weißt du, Zigeuner wären eigentlich großartige Spione.« Sie legte ihre Hände auf seinen Kopf und betrachtete ihre Finger, wie sie durch seine schwarzen Locken glitten. Es ist schwärzer als schwarz, dachte sie, so schwarz kann gar keine Farbe sein. »Du freust dich doch, daß ich mitkomme?«

Roman legte seinen Bleistift beiseite und drehte sich auf dem Stuhl um. Er schob das Revers des Bademantels zur Seite und küßte ihre Brust. »Ich nehme dich mit, weil ich dich liebe. Genügt dir das? Und nun sieh zu, daß du mit Packen fertig wirst! Und spare dir die Mühe, BHs einzupacken. So was trägt man nicht in Zigeunerkreisen, zumindest nicht die Leute, die etwas auf sich halten.« Er zwickte sie ins Bein.

Dany trat lachend zurück. »Schon gut. Ich habe sowieso vergessen, was ich dich fragen wollte.«

Roman sah ihr nach, bis sie aus dem Zimmer war, und starrte dann auf den leeren Türrahmen.

Lange würde es ein Mannequin sicher nicht aushalten auf der Straße, in einer Zigeuner-*kumpania*. In New York war er schon zur Hälfte *gaja*, genau das Zwischending, das sie heiraten wollte. Was sie noch lernen mußte, war, daß das Leben nicht mehr in einer Stadtwohnung mit teuren Möbeln aus dem Überschuß seines Ladens stattfand. Daß die Wirklichkeit ein Auto war, das die ganze Nacht hindurch von einer Grenze zur anderen fahren mußte, um der Polizei aus dem Wege zu gehen; daß sanitäre Einrichtungen einfach aus dem nächstbesten Fluß bestanden und daß Zigeuner ein Volk waren, das sie für einen Eindringling, eine Außenseiterin und Närrin halten würde. Daß die Wirklichkeit fremde Sprachen, Schmutz und monoton wiederkehrende Gefahr bedeutete. Sie würde nicht gleich im ersten Monat zusammenbrechen, Kores Vorhersagen zum Trotz, weil sie Entschlossenheit besaß. Aber Entschlossenheit reicht immer nur bis zu einem bestimmten Punkt. Die Faszination, die von den so andersgearteten Roman ausging, würde sich in Abscheu verwandeln. Sie würde nicht kämpfen, sondern einfach nach Hause gehen. Roman wußte es so sicher, wie er wußte, daß sie es in diesem Augenblick für unmöglich halten würde. Darum nahm er sie mit. Weil sie ihm nicht glauben wollte. Und wenn er selber hierbliebe, würde er mehr verlieren als nur Dany.

»Ich werde mich schon nicht durch mein Sprechen zu erkennen geben«, rief sie aus dem Schlafzimmer. »Ich werde einfach dasitzen und still vor mich hinsummen wie die anderen Zigeunermädchen.«

Es klingelte an der Tür. Roman schloß die Schlafzimmertür, ehe er aufmachte. Es war Kore mit zwei halbwüchsigen Jungen. Die beiden kamen aufgeregt herein und starrten voller Bewunderung auf die stattliche Sammlung wertvoller Antiquitäten.

»Sie wollen mitkommen«, berichtete Kore.

»Die Brüder Petulengro, ja?«

Die dunklen Augen der Jungen wurden groß und größer vor Erstaunen, daß jemand, der in ihrer kleinen Welt so berühmt war, sie kannte. Sie sahen sich im Zimmer um, voller Respekt, daß ein einzelner Mann so viel zusammenstehlen konnte.

»Sie haben ein bißchen Geld gespart, das sie sich als wilde Plakatkleber verdient haben«, sagte Kore.

»Ich fahre das Auto«, erklärte der kleinere von beiden. »John läuft raus und klebt die Zettel an. Wir schaffen dreihundert am Tag und sind noch nie erwischt worden.«

»Nur ihre Großmutter ist noch am Leben, deshalb sind sie seit Jahren nicht mehr unterwegs gewesen. Ist das eine Art für Jungen, die erwachsen werden wollen, dauernd nur an einem Ort! Wie sollen sie andere Familien kennenlernen, wenn sie nicht von zu Hause wegkommen?«

»Außerdem hat der Anwalt gesagt, wir müssen ins Gefängnis, egal, wie alt wir sind, wenn wir uns noch einmal erwischen lassen.«

»Ich dachte, ihr seid noch nie erwischt worden«, half Roman seinem Gedächtnis nach.

»Ja, aber das war beim Autoplündern«, erklärte der größere. »John war schuld – er kann nicht so schnell laufen wie ich.«

»Man hat sie geschnappt, als sie das Getriebe aus einem Auto vor irgendeiner Botschaft ausbauen wollten.« Kore streckte die Hände von sich. »Sie haben dem Mann aus der

Botschaft gesagt was er sie könnte. Und was glaubst du – versteht der Bursche doch tatsächlich Romani!«

Dany hatte aus dem Schlafzimmer zugehört, ohne ein Wort der Unterhaltung zu verstehen. Als sie hereinkam, hatte sie den Bademantel gegen einen Hosenanzug vertauscht. Sie lächelte den beiden Jungen freundlich zu.

»Ich habe Stimmen gehört«, sagte sie zu Roman.

»Dies sind John und Racki Petulengro. Sie kommen mit uns.«

Racki wandte sich mit einer Frage in Romani an Kore.

»Ja, ich komme auch mit«, nahm Dany ihm die Antwort ab. Kore und die beiden Jungen rissen verblüfft den Mund auf. Im nächsten Moment hatten sie sich wieder in der Gewalt, aber Dany konnte ihren Stolz nicht verhehlen.

»Dany ist meine *chi*«, sagte Roman.

Odrich hantierte mit einem zahnstocherähnlichen Instrument. Er brauchte nicht länger als eine Minute, um das Türschloß außer Funktion zu setzen, und kein unerwünschter Frühaufsteher störte ihn und seine vier Begleiter. Die Männer folgten ihm in den Antiquitätenladen und Odrich beseitigte die Spuren seiner Arbeit auf der Innenseite des Schlosses. Beng kam in Erwartung ihres Frühstücks aus dem Hinterzimmer angesprungen. »Was machen wir mit der Katze?«

»Nicht umbringen!« sagte Odrich. »Gebt ihr was zu fressen, sie hat Hunger.«

Der Ladenraum mit seiner wahllosen Ansammlung von antiken Stücken war nicht nach Odrichs Geschmack, und die Packkisten im Hinterzimmer verstärkten seinen negativen Eindruck. Der Freßnapf der Katze allerdings war echt Spode.

»Da sind ein paar sehr gute Stücke dabei«, sagte Jozsef. Er war, wie die anderen, etwa Mitte Dreißig und besaß die robuste Figur eines olympischen Athleten.

»Sieht aus wie ein Trödlerladen. Ich verstehe nicht, warum ihre Wahl auf einen Mann wie ihn fallen konnte.« Odrich spürte seine Abneigung gegen den ihm unbekannten Roman

Grey wachsen. Er stellte seinen Stuhl neben die Tür zum Ladenraum. »Wir können hier warten.«

»Was wirst du ihm anbieten?«

»Soviel er verlangt«, antwortete Odrich. »Es kommt nicht darauf an.«

Neben seinem Stuhl stand ein Eimer mit Wasser und weiteren Spode-Porzellanstücken. Er tauchte einen Finger in das Wasser und berührte ihn leicht mit der Zungenspitze. Natriumbikarbonat. Aus einem unaufgeräumten Werkzeugkasten nahm er ein langes Messer mit gezähnter Schneide und legte es wieder weg, als er ein kurzes Stilett sah.

»Sollte sich Grey wider Erwarten als Heiliger erweisen, Jozsef, nimm dies hier statt deinem. Ich glaube nicht, daß er schon informiert ist. Die Leute werden es für einen Raubüberfall halten oder für die Tat eines Kunstliebhabers, den dieser Saustall um den Verstand gebracht hat.« Er lehnte sich zurück, so daß er das Fenster beobachten konnte, ohne selbst gesehen zu werden. Die anderen spielten mit der Katze.

Fünf Minuten waren vergangen, als Beng plötzlich ans Fenster sprang.

»Da ist er«, flüsterte Odrich. Er sah einen dunkelhäutigen Mann über die Straße auf den Laden zukommen. »Du lieber Himmel! Er ist ein Zigeuner!« entfuhr es ihm. »Besser konnten wir es gar nicht antreffen!«

Beng drückte seine Nase ans Fenster und schnurrte. Roman tippte lächelnd an die Scheibe. Er steckte den Schlüssel ins Schloß.

»Laßt ihn erst nach hinten kommen!« warnte Odrich.

Roman wandte sich zur Seite, und sein Lächeln breitete sich über das ganze Gesicht aus. Die gedrungene Gestalt eines Mannes in einem Anzug, der offenbar von der falschen Stange stammte, schob sich an dem anderen Fenster vorbei, und die beiden Männer begrüßten sich per Handschlag.

»Nichts hebt das Geschäft so sehr wie ein Polizist, der sich vor dem Laden herumtreibt«, sagte Roman laut.

Verlegenheit machte sich auf dem rundlichen Gesicht des

Polizisten breit. »Ich bin nur gekommen, um mich von Ihnen zu verabschieden und Ihnen alles Gute zu wünschen.«

Roman klopfte ihm gutgelaunt auf die Schulter. »Kommen Sie auf eine Tasse herein. Sie können mir ja beim Packen Gesellschaft leisten.«

»Verdammt!« zischte Odrich.

Der Mann, der das Stilett hielt, legte es weg und zog wie die anderen eine Automatic Kaliber 22 aus der Tasche.

»Ein andermal«, gab der Polizist zurück.

»Na schön, aber ich muß jetzt an die Arbeit, wenn ich jemals fertig werden will.«

Roman drehte den Schlüssel im Schloß und stieß die Tür auf.

»Los, alle nach hinten!« drängte Odrich.

Eine Hand legte sich um Romans Arm und hielt ihn auf. Seine freundlichen Augen wurden merklich kühler.

»Warum sagen Sie nicht, daß Sie dienstlich hier sind? Kommen Sie herein und sehen sich meine Kaufverträge an, wenn Sie wollen. Aber Sie werden kein Haar in der Suppe finden.«

Die Leute im Hinterzimmer hielten den Atem an. Beng sprang an die Tür und versuchte, sie mit den Pfoten weiter zu öffnen.

»Das interessiert mich jetzt nicht«, wehrte der Polizist ab. »Ich muß Sie in meinem Wagen mitnehmen.«

»Bin ich verhaftet?«

»Nein, nein. Ich habe telefonisch Bescheid bekommen, daß ich Sie abholen soll. Aber ich war ohnehin schon hierher unterwegs, um Ihnen gute Fahrt zu wünschen. Wir fahren nicht aufs Präsidium, kein Grund zur Besorgnis also.«

»Sergeant Isadore, ich rühre mich nicht von der Stelle, ehe Sie mir sagen, wohin Sie mit mir wollen.«

»Roman, ich...« Isadore errötete. »Ich bringe Sie in die Kirche.«

Der Antiquitätenhändler sah seinen Freund an, der offensichtlich vor einem Rätsel stand. Schließlich zog er die Tür ins

Schloß und sperrte ab. Dann entfernten sich die beiden Männer gemeinsam.

Odrich stand von seinem Stuhl auf.

»Damit scheidet er für uns aus. Er würde doch den Mund nicht halten können, und sein Freund, der Polizist, würde es ins falsche Ohr bekommen. Ein komisches Paar! Macht den Freßnapf sauber und stellt ihn hin, wo ihr ihn hergenommen habt! Ich muß diesen Neger sprechen, den ihr ausfindig gemacht habt. Wir müssen uns mit ihm begnügen.«

Die Enttäuschung über seinen Mißerfolg brachte ihn im Hinausgehen auf den Gedanken, die Katze zu töten.

»Ach, lassen wir das lieber.«

## 5

John Kardinal Killane ging die wenigen Schritte von der St.-Patricks-Kathedrale zu seiner Residenz, und die kurze Entfernung genügte, um aus dem Beichtvater wieder den Kirchenfürsten zu machen. Durch seinen Privateingang trat er in die Vorhalle, die mit Heiligenbildern von Kinderhand geschmückt war. Eine der Zeichnungen, eine Darstellung ohne Kopf, aber mit vier Beinen, brachte ihn immer wieder von neuem in Verlegenheit. Natürlich hätte er sich bei seinen Leuten erkundigen können, aber die waren ohnehin schon mißtrauisch genug. Er konnte es sich nicht leisten, auch noch durch Unkenntnis auf dem Gebiet der enthaupteten Heiligen zu glänzen.

Kardinal Killane war ein hochgewachsener Mann. Seine schmale Stirn lag zwischen hohlen Schläfen, und seine rosige Gesichtshaut wurde nur von wenigen Leberflecken gesprenkelt. Seine langen Hände verrieten auch heute noch Kraft, und mit seinen langen Schritten hätte er jeden Priester seiner Erzdiözese beim Rundgang überholt. Das Auffallendste an seinen blauen Augen war das Blinzeln, und obwohl man sagt daß blinzelnde Augen sympathisch wirken, hatte er in letzter Zeit eine Menge Leute kennengelernt, die ihm nicht in die Augen sehen konnten. Leute, die ihm persönlich nicht sehr nahestanden. Ein solches Urteil würde er sich in seinen jüngeren Jahren niemals erlaubt haben.

Seine Ernennung zum Kardinal des Erzbistums New York war nicht auf allseitige Gegenliebe gestoßen. Seine Herkunft bot eigentlich die denkbar besten Voraussetzungen: Irische Familie aus dem Bostoner Vorort Brighton. Was spielte es da für eine Rolle, daß sein Vater ein eifernder Atheist war – das gab es unter Iren nicht selten. Absolvent der katholischen Fordham University in New York, Jahrgang 1929, summa cum laude. Es folgte die Priesterweihe, nach gründlicher Seelenforschung wegen seiner Eitelkeit, im Frühjahr 1933. Er wäre gern in der Stadt geblieben, um den von der Depression in Bedrängnis Geratenen seelischen Beistand zu gewähren, aber seine Vorgesetzten erkannten in ihm die Anfänge eines Messias-Komplexes, und so schickten sie ihn lieber nach Britisch-Westindien, das wegen der engnachbarschaftlichen Beziehungen eines Großteils der Gemeinde zur New Yorker Diözese gehörte. Er half den Schwarzen in Trinidad gegen die Briten und entwickelte einen Messias-Komplex, der nun wahrhaft kolossal war.

Pater Killane war ein Problem, und der damalige Kardinal Hayes entschied sich für die traditionelle Lösung bei überintelligenten und aggressiven Priestern: Rom. Dort trat Killane in das Amerikanische Kolleg des Vatikans ein und widmete sich den ihm aufgetragenen Studien über Asien, eine höheren Orts verordnete Diät, die zur Vertiefung seiner Demut beitragen sollte. Mit einer Art perversen Vergnügens gab sich Killane dem Studium hin, wechselte vom Kolleg in eine untergeordnete Position im Vatikanischen Archiv über, wo er jahrhundertealte Berichte längst verstorbener Missionare verglich und ordnete. Er hätte gut und gerne den Rest seines Lebens in dieser Bibliothek verbringen können, verwandelt in einen echten Bücherwurm. Unterdessen wurden Italien und die übrige Welt in Trümmer gelegt. Es sollte nicht sein. Als der Krieg gegen die Japaner dem Ende zuging, begann Frankreich mit der Reorganisierung seines Reiches in Indochina und ersuchte dazu den Vatikan um Hilfe, weil die französischen Kolonialunterlagen vernichtet worden waren. Ein vierzig Jahre alter amerikanischer Priester, der nicht nur die französische und die wichtigsten indochinesischen Sprachen beherrschte, sondern auch über hervorragende Kenntnisse der religiösen und politischen Verhältnisse in diesem Gebiet verfügte, wurde mit dem ersten Flugzeug nach Hanoi entsandt. Killane verbrachte zwei Jahre mit Reisen durch Vietnam, Laos und Kambodscha, und die Berichte, die er ablieferte, waren fast ausnahmslos pessimistisch. Nach seiner Rückkehr in den Vatikan waren seine Oberen daher höchst überrascht, als der Archivar erneut zur Aushilfe angefordert wurde, diesmal vom französischen Oberkommando in Algerien.

Dann kam das Vatikanische Staatssekretariat zu der Auffassung, es sei an der Zeit, sich die Talente Killanes nutzbar zu machen. Nach einjähriger Ausbildung im Kurienamt ging er als Stellvertreter des Apostolischen Nuntius nach Japan, wo er die Geheimaktionen zum Schutz der Millionen von Katholiken im kommunistischen China leitete. Als der Koreakrieg diese Aktionen zunichte machte, gab man nicht ihm die Schuld, wie man sie wohl einem nichtkirchlichen Diplomaten gegeben hätte. Man verlieh ihm vielmehr den Titel eines Monsignore und ernannte ihn zum stellvertretenden Nuntius in Deutschland. Von da an arbeitete er sich die Stufen des Sekretariats hinauf: Weihe zum Titularbischof von Tagaste, später von Zeugma. Schließlich erster Stellvertreter des Kardinal-Staatssekretärs, der erste Amerikaner, der es an der Spitze der vatikanischen Außenpolitik so weit gebracht hatte. Der Grund – und keiner wußte das besser als Killane – war, daß er in Wirklichkeit so wenig von einem Amerikaner an sich hatte. In den letzten fünfunddreißig Jahren war er nur sechsmal zu Hause gewesen. Weder Kardinal Hayes noch irgendein anderer der Männer, die damals ihr Problem nach Rom abgeschoben hatten, waren noch am Leben. Ein halbes Dutzend Sprachen hatte er öfter benutzt als Englisch. Seine Arbeit und sein Leben lagen im Vatikan.

All das endete mit seiner plötzlichen Erhebung ins Kardinalskollegium. Sein wacher Verstand durchschaute alles sehr bald, als der erste Schock vorüber war. Die beiden Hauptbewerber um das rote Birett waren New Yorker Bischöfe, die sich der Unterstützung durch die anderen amerikanischen Kardinäle so geschickt versichert hatten, daß es die Hälfte der amerikanischen Hierarchie beleidigt hätte, wäre einer von ihnen berufen worden. Man hatte sich also nach einem unbeteiligten amerikanischen Bischof irischer Abstammung umgesehen und war auf John Killane gestoßen. Und so kehrte der neue Kardinal heim – als Kompromißlösung.

Er nahm eine Taschenuhr aus seiner Soutane, zog ein Paar goldene Stützen aus dem Rückdeckel und stellte die Uhr mitten auf seinen Schreibtisch. Das leise Ticken der Uhr gemahnte ihn daran, daß sein Sekretär in frühestens dreißig und spätestens fünfzig Sekunden auftauchen würde.

Sein Administrator und Sekretär, Monsignore Burns, gehörte zu denen, die von dem Kardinal als dem Italiener sprachen. Sie ließen sich von dem Namen Killane nicht düpieren. Er war in jeder Hinsicht anders als die rechtschaffenen Seelenhirten, die ihm im Amt vorangegangen waren. Der Kardinal hatte während seiner langen Abwesenheit von den USA das grimmige Vorurteil der irischen Katholiken gegen ihre italienischen Brüder vergessen. Italiener, das waren fast heidnische Wesen, unfähig, Religion ernst zu nehmen. Von den neun amerikanischen Kardinälen waren acht Iren und keiner Italiener. Wenn Petrus Ire wäre, gäbe es herzlich wenig Italiener im Himmel.

»Guten Morgen, Eminenz. Gut geschlafen?« fragte Monsignore Burns, als er mit der Morgenpost hereinkam.

Roman und Isadore krochen durch den Stoßverkehr. Wie immer fühlte sich Roman von den Fahrzeugen auf der Park Avenue an Ameisen erinnert, die über einen Friedhof krabbeln. Daß er selbst in einem von ihnen saß, konnte seine Stimmung nur verschlechtern.

»Vor einer Woche hat der Captain plötzlich Ihre Akte verlangt, aber das tut er ja andauernd«, sagte Isadore.

Er bog an der 49. Straße rechts ab und noch einmal an der Madison Avenue. Hinter den Türmen von St. Patrick tauchte kurz das Rockefeller Center auf und verschwand sofort wieder. Isadore fuhr vorsichtig in den Innenhof eines Renaissance-Palastes aus vornehm braunem Sandstein. Die anderen Autos hatten Schilder mit der Aufschrift KLERUS an den Rückscheiben oder Aufkleber mit dem Hinweis GESELLSCHAFT FÜR DIE VERBREITUNG DES GLAUBENS auf den Stoßstangen. Über der Hauptfassade des Gebäudes prangten zwei farbenprächtige Wappenschilde und in goldenen Lettern die Worte: ERZDIÖZESE NEW YORK.

»Ich schwöre, daß ich nicht mehr weiß als Sie«, wiederholte Isadore.

Ein Priester, der nicht älter aussah als ein Student im ersten Semester, lief aus dem Haupteingang auf ihren Wagen zu.

»Sind Sie Mr. Grey?« fragte er Isadore.

Isadore zeigte auf Roman.

»Sie sind Mr. Grey. Ich bin Pater Young«, setzte er leicht abwehrend hinzu. »Würden Sie bitte mitkommen?«

»Er kommt auch mit.« Roman deutete mit dem Daumen auf Isadore.

»Polizei?« Der Priester musterte Isadore skeptisch. »Gut, Sie können auch mitkommen. Aber beeilen Sie sich, bitte!«

Sie stiegen aus, und Pater Young führte sie unter ständigem Antreiben über die Madison Avenue.

»Sie müssen ihn mit ›Eminenz‹ anreden«, mahnte er seine Herde.

»Wen muß ich mit ›Eminenz‹ anreden?« fragte Roman.

»Kardinal Killane«, erwiderte der Priester mit jugendlichem Elan.

Die Kathedrale nahm fast den gesamten Block zwischen der 50. und 51. Straße ein, nur zur Madison Avenue hin stand an jeder Ecke ein dreistöckiges Gebäude, genaue Abbilder der Kathedrale, aus dem gleichen weißen Marmor, *petits fours* neben der Hochzeitstorte. Pater Young öffnete dem widerstrebenden Zigeuner die Haupttür des Gebäudes an der 50. Straße.

An den Wänden der Eingangshalle hingen die Porträts früherer Kardinäle und Erzbischöfe, angetan mit roter Seide und weißer Spitze. Young drängte Roman zur Eile.

»Sie haben den falschen Grey erwischt«, sagte Roman zu dem jungen Priester.

»Das sagen sie alle«, flüsterte Isadore.

Während sie vor einer Bürotür warteten, gab Young dem Polizisten und dem Zigeuner letzte Instruktionen. Und wenn es sich wirklich um den falschen Mr. Grey handle, dann sei es jetzt ohnehin zu spät. Er wischte eine Wollfussel von Isadores Rockaufschlag.

»Und noch einmal: Es heißt ›Eminenz‹!«

Die Tür wurde von einem Priester geöffnet, und sie betraten einen hohen Raum, dessen einziger Schmuck aus einem Kruzifix und einem Bild des Heiligen Vaters bestand. In einem thronartigen Sessel saß ein kräftig gewachsener Mann im Straßenanzug. Der Mann hinter dem Schreibtisch war schwarz gekleidet und trug dazu den kurzen roten Umhang des Kirchenfürsten.

Pater Young stellte vor: »Mr. Grey, Eminenz.«

»Wir kennen uns bereits«, sagte Roman.

Young und Isadore waren verblüfft. Killane lächelte.

»Vielen Dank, Pater, das ist alles.«

Young bedachte Roman im Hinausgehen mit einem mörderischen Blick.

»Gestern war es John Killigan«, bemerkte Roman, nachdem sich die Tür geschlossen hatte.

»Ja, leider«, entschuldigte sich Killane. »Dies ist mein Sekretär, Monsignore Burns. Und Kapitány Reggel.«

Reggel neigte seinen mächtigen Körper nach vorn. Er hatte kleine, dunkle Augen, starke Backenknochen und weißblondes Haar. Sein knapp geschnittener Anzug verriet eine athletische Figur.

»Dies ist Detective Sergeant Isadore«, sagte Roman.

Isadore, der gehofft hatte, unbemerkt zu bleiben, sah sich nun seinerseits zu einer linkischen Verbeugung genötigt.

»Würden Sie bitte Platz nehmen?« bat der Kardinal.

Isadore setzte sich.

»Ich verstehe Ihre Verärgerung über die Vorgänge durchaus, Mr. Grey«, fuhr der Kardinal fort. »Aber wir sind erst gestern abend zu einem Entschluß gekommen.«

»Eminenz haben sicher gute Gründe, aber...«

»Bitte!« Killane hob die Hand. »Bevor Sie sich mit dem Gedanken tragen, wieder zu gehen: Was wissen Sie über die Heilige Krone von Ungarn?«

Roman setzte sich. Isadore fiel auf, daß er sich mehr für den Mann namens Reggel interessierte. Der Zigeuner fuhr sich mit den Fingern einmal kurz übers Kinn, die erste nervöse Geste, die Isadore je an ihm bemerkt hatte.

»Ich habe sie nie gesehen«, sagte Roman leichthin.

»Die Heilige Krone ist das bedeutendste Kronjuwel der Welt«, rügte Burns. »Außerdem ist sie eine der kostbarsten Reliquien der katholischen Kirche. Papst Sylvester II. schenkte sie im Jahre 1000 dem heiligen Stephan, als dieser zum ersten christlichen König von Ungarn gekrönt wurde. Bis zu diesem Zeitpunkt waren die Ungarn, deren Führer Stephan war, Heiden. Nach dem Zweiten Weltkrieg, als die Russen sich Budapest näherten, versuchte die von den Nazis gestützte Regierung, die Krone in die Schweiz zu bringen. Zum Glück jedoch brachten die in der Wehrmacht dienenden ungarischen Soldaten die Krone nach Salzburg und übergaben sie dort der amerikanischen Armeeführung. Wie alles andere, was die Nazis gestohlen hatten, wollten wir auch die Heilige Krone ihrem rechtmäßigen Besitzer zurückgeben, in diesem Fall dem ungarischen Volk. Und das wäre auch geschehen, wenn nicht ein kommunistisches Regime an die Macht gekommen wäre. Seitdem haben wir die Krone für das ungarische Volk in Washington in Verwahrung gehalten.«

»Entspricht das in etwa den Tatsachen?« fragte Killane Roman.

»Zumindest hört es sich gut an.«

»Er raucht Gauloises. Haben Sie welche besorgt?« fragte Killane den Monsignore.

»Selbstverständlich.«

Burns stellte einen Standascher neben Romans Stuhl und nahm eine hellblaue Zigarettenpackung aus der Soutane.

»Nein, danke, ich habe meine eigenen«, lehnte Roman ab.

Killane wartete, bis Roman seine Zigarette angezündet hatte. »Bis jetzt also in Washington«, fuhr der Kardinal fort. »Heute nachmittag wird die Meldung veröffentlicht« – er nahm eine Zigarette aus Burns' Packung und zündete sie an –, »wird also in Washington und Budapest bekanntgemacht, daß wir die Krone nunmehr zurückgeben. Sie wird rechtzeitig zum Todestag des heiligen Stephan im Herbst in Budapest sein. Wissen Sie, Sie sehen aber gar nicht überrascht aus.«

Ist er auch nicht, dachte Isadore bei sich und empfand zum erstenmal an diesem verwirrenden Vormittag so etwas wie Vergnügen.

»Eminenz«, begann Roman diplomatisch, »wenn man erst einem Kardinal wie Ihnen begegnet ist, dann überrascht einen so leicht nichts mehr.«

»Aber Sie müssen sich doch fragen, was das mit Ihnen zu tun hat – oder mit uns.«

»Das ja.«

»Wie ich Ihnen bereits gestern sagte, wurden Sie als Berater und Sachverständiger genannt. Offenbar genießt Ihre Meinung in Sachen Kronjuwelen bei einigen Juwelieren und

Privatsammlern der Stadt hohe Wertschätzung. Und nicht nur was Kronjuwelen angeht, sondern auch hinsichtlich anderer Dinge, die durch Ihre Hände gehen.« Er machte eine Pause. »Übrigens wird es bei der Polizei nicht mit genau diesen Worten ausgedrückt. Sie werden das Ausmaß meiner Erkundigungen verzeihen, aber sie waren nun einmal unumgänglich.«

»Ich handle zumeist mit Antiquitäten.«

»Eben. Aber Sie besitzen die erforderliche Qualifikation.«

»Wofür?«

»Sehen Sie, es war die Idee des State Department, die Begeisterung für die Rückgabe der Krone erst einmal zu entfachen, ehe der Kongreß zu der Auffassung gelangen konnte, es handle sich hier nur um eine übereilte Geste der Beschwichtigung. Vielleicht hat das State Department zuviel des Guten getan. Einer unserer New Yorker Parlamentarier, ein Abgeordneter namens Szemely, verlangte, daß den Ungaro-Amerikanern Gelegenheit gegeben werden müsse, die berühmte Krone zu besichtigen. Diese Forderung ist ziemlich hochgespielt worden. Um nun Szemely und den gesamten Kongreß bei Laune zu halten, hat man beschlossen, die Krone vor ihrer Rückgabe zur Schau zu stellen. Schließlich ist nicht zu bestreiten, daß Amerikaner kaum noch in ihre Nähe gelassen werden, wenn die Krone erst in Budapest ist. Die Ausstellung sollte zunächst im Metropolitan Museum stattfinden, weil es nämlich hier in New York mehr Ungarn gibt als in Washington. Aber darüber zeigten sich unsere Freunde in Budapest zutiefst bestürzt. In ihren Augen hätte eine Museumsausstellung ihr nationales Symbol zu einem billigen Schaubudenobjekt herabgewürdigt. Und auch die Kirche war wenig glücklich über die profane Behandlung einer sakralen Reliquie.«

»St. Patrick«, sagte Isadore.

»Genau.« Killane nickte ihm zustimmend zu. »In unserer Kathedrale. Ankunft in einer Woche, Ausstellung von Montag bis Freitag im Sanktuarium vor dem Hochaltar. Nachts wird sie in der Sakristei unter dem Sanktuarium aufbewahrt. Sobald sie bei uns eintrifft, werden wir jemanden brauchen, der sie fachmännisch untersucht und sich um sie kümmert, solange sie in unserer Obhut ist. Ich möchte, daß Sie das für mich tun, Mr. Grey.«

Obwohl Roman diese Bitte seit zehn Minuten hatte kommen sehen, wollte er es noch immer nicht glauben.

»Es gibt Hunderte von amtlich eingetragenen Juwelieren, die besser geeignet wären. Ich könnte Ihnen zwanzig aus dem Stegreif nennen.«

»Die Namen kenne ich. Aber Sachverstand für mittelalterliche Kronen ist eben nicht die einzige Qualifikation, deren es bedarf. Unser Mann muß Katholik sein. Das grenzt das Feld schon beträchtlich ein. Er muß fließend Ungarisch sprechen, da er mit einem ungarischen Experten zusammenarbeiten muß und es dabei keine Mißverständnisse geben darf. Damit wird die Auswahl schon sehr klein. Und unser Mann darf nicht mit einer der Emigranten- oder Royalistenvereinigungen identifiziert werden. Damit, Mr. Grey, sind wir auf Sie allein angewiesen. Sie sind, was man eine Kompromißlösung zu nennen pflegt, und Sie haben meine Sympathie, wenn das zur Linderung Ihres Unbehagens beitragen kann. Sie sind unsere einzige Wahl.«

Roman schüttelte den Kopf. »Ich kann mir nicht vorstellen, daß Sie sich sehr lange mit der Polizei unterhalten haben, Eminenz. Man hätte Ihnen dann ganz offen gesagt, daß ich bei der ersten Gelegenheit die Krone unter den Arm nehmen und mich davonmachen würde.«

»Es gab natürlich eine Reihe von Bedenken. Aber um es ebenso offen zu sagen: Sie werden keine Gelegenheit bekommen, sich mit den Juwelen davonzumachen. Die Krone wird unter ständiger Polizeibewachung stehen. Und ehrlich gesagt, ich kann mich gewöhnlich auf mein Urteil verlassen.«

Das Schweigen lastete im Raum, bis Roman sich an den einzigen Mann wandte, der bisher noch kein Wort gesagt hatte.

»Reggel *ur*, was ist Ihre Meinung zu der Ansicht, daß sich ein Zigeuner um die Heilige Krone kümmern soll?«

Der Ungar lächelte breit. Sein Englisch war leicht vernuschelt. »Zigeuner und Ungarn erkennen sich halt doch immer, nicht wahr?«

»Wie Deutsche und Juden«, pflichtete Roman ihm bei.

Reggel lächelte unbeirrt. »Der Kardinal hat die Situation geschildert. Ich bin bereit, mich den Erfordernissen zu fügen, da ich in dieser Angelegenheit als Sicherheitsbeauftragter fungieren werde.«

»Kapitány Reggel ist der Sicherheitschef der ungarischen UNO-Mission«, erklärte Killane.

»Das will ich Ihnen gern glauben«, erwiderte Roman. »Ich danke Ihnen vielmals für Ihr Interesse, Eminenz, aber wie ich bereits sagte, habe ich eine Reise zu machen. Ich bedaure sehr, aber Sie müssen mich entschuldigen.«

Draußen im Hof antwortete Roman auf Isadores Frage, warum er die Reise nicht um zwei Wochen verschieben könne:

»Weil ich dann vielleicht nicht mehr von hier fortkäme. Und wo wäre ich dann?«

Isadore begriff, daß der Zigeuner etwas Schlimmeres meinte als New York City.

## 6

Obwohl New York von amerikanischen Zigeunern Rommeville genannt wird, hat es dort nie eine feste Zigeunergemeinde wie in europäischen Städten gegeben. In den Pariser Polizeiakten zum Beispiel läßt sich eine der Familien aus dem Kaldera-Stamm bis zu ihrer ersten Ankunft im Cour des Miracles vor vierhundert Jahren zurückverfolgen. Auch heute noch üben die Kaldera-Zigeuner, umgeben von Algeriern und Vietnamesen, auf dem rechten Seineufer die ehrbaren

Gewerbe von Kupferschmieden und Dieben aus, und auch heute noch schwellen die Polizeiakten wie Familienbibeln an.

Die spanische Polizei von Granada hat da eine leichtere Aufgabe, denn sie geht nicht darauf aus zu verhaften. Ihre Gitanos haben schon immer auf dem Sacro Monte, unter den Augen der Alhambra, gewohnt. Solange nicht ein Tourist erstochen wird oder ein Rassist von der Guardia Civil unter irgendeinem Vorwand den Berg erstürmt, werden die Bewohner in Ruhe gelassen. Das Touristengewerbe von Granada baut auf der Flamenco-Musik der Zigeuner auf.

Rommeville ist ganz anders. Seine Gestalt ist in ständigem Wachstum und Wandel begriffen. Die Zigeunerlager wurden von den Hügeln in Harlem zu den Farmen von Brooklyn und Queens verdrängt. Als Rommeville sich zu einer Millionenstadt auswuchs, entstand in ihrem Herzen eine Wildnis anderer Art, und die Zigeuner, Opportunisten seit jeher, strömten in das Vakuum hinein.

Ein Teil dieses Vakuums war ein verlassenes Mietshaus an der Houston Street in der unteren Hälfte von Manhattan – verlassen, aber nicht leerstehend, denn die Zigeuner waren eingezogen.

»Entweder wir oder die verrückten Rauschgiftsüchtigen«, sagte Pivli Petulengro zu Roman. »Wir bezahlen die Polizei, und die drückt dafür ein Auge zu.«

»Wir haben es auch schon in einigen der abbruchreifen Häuser in der Bronx versucht«, sagte John Petulengro. »Die sind in einem fürchterlichen Zustand.«

»Nicht besser als in Europa«, stimmte seine Großmutter zu. Sie wurde Pivli, das heißt: Witwe, genannt, weil sie trotz eines Mundes voller Goldzähne kaum Aussicht auf Wiederheirat hatte.

Sie standen in der Eingangshalle des Gebäudes, einer zugigen Passage aus rosa Marmor und zerbrochenen Spiegeln. Ganze Zigeunerfamilien, beladen mit Einkaufstaschen voller Lebensmittel und Getränke, zogen an ihnen vorbei. Es gab zwei Aufzüge, die jedoch außer Betrieb waren, und einen Nebenraum, in dem die früheren Mieter ihre Post abholten und den die Brüder Petulengro heute als Lagerraum für Radkappen benutzten.

»Ich bin ja so glücklich, daß meine Jungen dich begleiten«, sagte Pivli Petulengro zu Roman, während sie einer Gruppe von Zigeunergeigern den Weg freimachten. »Du bist ein Rom, der hohes Ansehen genießt.«

»Danke«, antwortete Roman ernst. Verlegenheit zu zeigen hätte schlechten Geschmack bewiesen. Wenn ein Zigeuner keine Komplimente verträgt, wer dann?

»Sie werden viel von dir lernen.«

»Das hoffe ich«, seufzte Roman mit einem resignierten Blick auf die Radkappenkollektion.

»Ich wünschte, ich könnte auch mitkommen.«

Die Eingangshalle wurde beherrscht von einem Cadillac, der in ihrer Mitte parkte. In dem Auto kletterte eine Horde *chals* über die Sitzlehnen und spielte mit einem Gewirr loser Drähte. Einer der Jungen brachte schließlich zwei Drahtenden zusammen, und ein lautes Hupen ertönte. Kore wand sich unter dem Auto hervor, auf seiner fettverschmierten Stirn leuchtete ein blutroter Fleck.

»Ihr habt Würmer statt Finger!« schimpfte er die Jungen aus. »Ich hab' euch doch gesagt, ihr sollt warten! Jetzt schneide ich euch die Finger ab und verfüttere sie an die Fische.«

Kore bemerkte Roman und die Pivli. Er strich sich über die Stirn und war erstaunt, kein Blut an seinem Finger zu sehen. Achselzuckend fuhr er sich mit demselben Finger ins Ohr, um es zu säubern.

»Gute Jungs im Grunde. Ich hab' nur einen Scherz gemacht.«

Die Jungen waren sich da gar nicht so sicher. Sie verriegelten die Autotüren.

»Wenigstens haben sie dich aufgescheucht. Ich suche schon überall nach dir«, sagte Roman.

»Ich war die ganze Zeit hier.« Er deutete auf das Auto. »Was hältst du davon?«

Roman ging um den Cadillac herum. Nach beendetem Rundgang schüttelte er Kore die Hand. »*Rom san tu!* Wie hast du dieses Monstrum von einem *mobile* hier hereingebracht?«

»Hereingefahren. Wie sonst? Ich kann dir sagen, die Treppenstufen sind mit einem Höllenlärm zusammengebrochen. Ich arbeite schon die ganze Zeit an der Achse, und da kommen mir die *chals*...« Kore drehte sich zu dem Auto um. Es war leer. Die Jungen hatten die Gelegenheit zur Flucht benutzt.

»Ist der Wagen fertig?«

»Sagt mal, wo sind wir hier eigentlich, in einem Tanzcafé oder in einem Hausflur?« fauchte er einen vorbeigehenden Musikanten an. »Fast hättest du mir mit deiner Fiedel die Scheibe eingeschlagen. Wie soll man hier nur mit seiner Arbeit fertig werden, frag ich dich! Natürlich ist der Wagen fertig«, setzte er für Roman hinzu.

Der Wagen hatte keine Haube, aber die polierten Chromteile der mächtigen Maschine glitzerten. Kore schloß die Batterie kurz, und der Motor sprang an. »Hör dir das an!«

Er drückte Roman einen Plastikschlauch in die Hand und schob das andere Ende über einen der Zylinder. Das dumpfe Surren wurde immer leiser, als er den Vergaserhebel nach unten drückte. Kein fabrikneuer Kolben summte so sanft wie das Produkt von Kores handwerklichem Geschick. Kore ließ den Hebel los, und der Hausflur dröhnte.

»Großartig!« sagte Roman.

»So einen Wagen kannst du nirgendwo kaufen.« Kore war hocherfreut über Romans Begeisterung.

Aber noch war Roman nicht zufrieden. Er suchte den Motorblock ab, bis er die Fahrzeugnummer fand, dann machte er die Tür auf, um die Nummer am Armaturenbrett zu vergleichen. Beide Nummern sahen völlig echt aus, aber sie stimmten nicht überein.

»Nun ja, das sollte die letzte sein«, erklärte Kore. »Die Getriebe- und Fahrgestellnummern habe ich schon fertig. Aber keine Sorge. Im Zahlenstanzen bin ich unschlagbar wie ein Kaldera-Goldschmied. Das kommt alles in Ordnung. Da, schau her!« Kore beugte sich in den Wagen hinein und holte ein Bündel Formulare aus dem Handschuhfach. Obenauf erkannte Roman einen Kraftfahrzeugbrief.

»Ich war mit Racki bei einem Autohändler, um mir die neuen Modelle anzusehen. Der Mann war drauf und dran, uns vor die Tür zu setzen, bis ich ihm ein Bündel Scheine unter die Nase gehalten habe. Dann natürlich hatte er nichts Eiligeres zu tun, als mich in sein Büro zu schleppen, um den Kauf perfekt zu machen. Geldgier schadet nur, das weißt du so gut wie ich. Der Mann konnte kaum noch klar denken. Aus seinem Büro – eines mit hohen Glaswänden, weißt du – konnte er Racki beobachten, wie er von einem Wagen zum andern geht und sich auch mal ans Lenkrad setzt, du kennst das ja. Und dann sieht er auf einmal, daß Racki anfängt, sich zu kratzen, weißt du, so als ob es ihn überall juckt. Aber schließlich will er mir ja diesen Wagen verhökern, also sagt er zunächst gar nichts. Aber Racki hört einfach nicht auf, sich zu kratzen, und der Mann denkt schließlich, der Junge muß ganze Schwärme von Flöhen haben, und wer soll sich hinterher noch in dieses Auto setzen. Er springt auf und rennt laut schreiend raus. Nun ja, ich spiele natürlich den Beleidigten und gehe, nicht ohne zuvor fünf von diesen Besitzerformularen aus seinem Schreibtisch genommen zu haben – eines für mich und vier für meine Freunde. Ich bitte zu beachten, daß ich mich nicht von eigennützigen Motiven habe leiten lassen!«

»Das kann man wohl sagen. Wie ich sehe, hast du hier sogar mich als Eigentümer eingetragen.«

»Hab' ich das?« Kore gab sich überrascht.

»Macht ja nichts. Was hast du sonst noch organisiert?«

Kore zeigte Roman zwei kanadische Reisepässe, einen davon mit einem Paßbild von John Petulengro.

»Welche *nav gajikanes* hast du ihnen gegeben?«

»Sieh doch selbst!«

»Natürlich«, lachte Roman. »John Smith.«

Kore nickte stolz, und dann zog er Roman beiseite. Obwohl ausnahmsweise einmal kein Mensch in Hörweite war, sprach er sehr leise.

»Romano, ich muß dir noch was sagen. Du weißt, für mich hat immer der Grundsatz gegolten: *Rom Romesa, Gajo Gajesa.* Aber wenn es dein fester Entschluß ist, dieses Mädchen mitzunehmen, dann soll es mir recht sein. Ich schäme mich für mein Benehmen neulich abends in deiner Wohnung. Dafür gibt es keine Entschuldigung. Kannst du mir noch einmal verzeihen?«

»Aber ja.« Roman wußte, wie schwer es Kore fiel, mit seinen Grundsätzen zu brechen. »Komm, bevor wir in Tränen ausbrechen, gehen wir hinunter zur Party!«

*»Rom san tu, Romano!«*

»Freut mich, daß du's endlich einsiehst.«

Arm in Arm machten sie sich auf den Weg ins Kellergeschoß.

»Romano, komm her!

Im Hauseingang stand Celie Miyeyeshti, neben ihr eines der kleinen Mädchen aus ihrer ständigen Begleitung.

»Komm mit uns auf die Party«, lud Roman sie ein. »Mir ist noch nie so nach Party zumute gewesen wie heute abend.«

»Vergiß die Party! Komm mit!«

Kore trat beiseite. Celie war eine Hexe, wenn man Frauen, die ohne Geld und ohne Sex-Appeal regieren, als Hexen bezeichnen kann. Überall in der Welt gab es Muttergestalten, die die ungeschriebene Geschichte und die Gesetze der Rasse besser kannten als jeder andere, und sie war eine von ihnen. Neben der urwüchsigen Matrone Celie Miyeyeshti mußte selbst der König der Zigeuner wie ein blasses Abbild wirken.

»Nun gut. Trink für mich mit!« sagte Roman zu Kore.

Celie ging voraus zu ihrer schwarzen Fleetwood-Limousine. Die milde Abendluft war wohltuend, und es war, als ob alle Preßlufthämmer, alle Busmotoren und alle Müll- und Sprengwagen in der Stadt eine Sekunde zuvor abgestellt worden wären.

Celie mit ihren Halsketten aus Goldmünzen und einer Unmenge roter Unterröcke wuchtete ihre mächtige Gestalt auf den Rücksitz, wo gerade noch genug Platz für ihre zwei kleinen Begleiterinnen blieb. Auf einem Klappsitz saß ein Mann, den Roman nicht kannte. Kaum hatte Roman den anderen Sitz ausgeklappt, setzte sich Celies Auto in Bewegung.

»Was weißt du von der Stephans-Krone?« fragte sie.

Celies Gesicht war nicht nur alt und fett, sondern auch derart energiegeladen, daß sie alle anderen im Auto überstrahlte wie eine Sonne unter Planeten.

»Das fragt mich neuerdings jeder.«

»Ich frage jetzt.«

Ausflüchte mochten bei Priestern verfangen, nicht so bei Celie. Er erzählte von seinem Besuch im Sekretariat des Kardinals.

»Warum du?«

»Man hat mir Gründe genannt, aber die waren nicht gut genug. Außerdem verreise ich in ein paar Tagen.«

»Du wirst nicht verreisen«, fiel ihm Celie ins Wort.

Roman richtete sich auf dem Klappsitz, so gut es ging, ein. Sie schwankten, als der Wagen um eine Ecke bog, aber Roman wandte den Blick nicht von ihr ab.

»Hat das irgend etwas mit der *gaji* zu tun?« fragte er.

Das dämmerige Licht einer Straßenlaterne huschte über Celies Gesicht, aber er las darin nichts als Resignation.

»Dafür kenne ich dich wohl zu gut, oder?« tat sie seine Frage ab. Dann tippte sie mit dem Finger auf das Knie des anderen Rom. »Dies ist Punka Lovell. Er ist heute abend aus Königsstadt angekommen, weil er dir etwas zu sagen hat.«

Königsstadt, damit meinte sie London. Punka war klein, selbst für einen aus der Lovell-Sippe, und er sprach den Dialekt englischer Gypsies.

»Wir haben heute Nachricht von Freunden aus Wien bekommen. Es heißt, das Amt für Minderheiten will alle Kinder erfassen.«

»Wo? Welches Amt für Minderheiten?«

»In Ungarn. Alle Zigeunerkinder sollen erfaßt und in Sonderschulen eingewiesen werden, um das Minderheitenproblem zu lösen. Gestern abend wurden unsere *kapos* aufs Amt zitiert, und da hat man es ihnen gesagt. Aber dem Oberkapo wurde privat angedeutet, daß die Anordnung nicht als endgültig betrachtet werde, wenn es ihm gelinge, einen amerikanischen Rassengenossen zu überreden, den ungarischen Behörden einen Gefallen zu erweisen. Dabei war die Rede von dir und der Heiligen Krone. Aber das ist doch heller Wahnsinn! Wieso werden Tausende bedroht, nur um einen einzigen Rom in Amerika zu bewegen, sich eine Krone anzusehen? Das kann nur das Werk eines Fanatikers sein. Bist du wirklich ein so bedeutender Mann?«

»Romano ist ein sehr bedeutender Mann«, warf Celie steif ein. »Es gibt Momente, in denen ich daran zweifle, aber eines Tages wird er es beweisen. Romano, was hältst du davon?«

»Ich halte es für einen Bluff. Den Bluff eines Wahnsinnigen.«

»Kennst du den Mann?«

»Ich habe ihn im Haus des Kardinals kennengelernt. Er heißt Reggel.«

Celies Auto fuhr in nördlicher Richtung auf dem East River Drive.

»Hättest du das nicht dem Kardinal gleich sagen können?« fragte Celie.

Roman wußte, daß sie einen solchen Vorschlag nie gemacht hätte, wenn sie auch nur einen Moment geglaubt hätte, er würde ihn jetzt noch befolgen. Roman war ebensowenig Herr über seine Entscheidung wie über den dahinrasenden Cadillac.

»Ich werde ihm sagen, daß ich mich der Krone annehmen werde.«

*»Boona!«* rief Punka begeistert. Tränen der Erleichterung

traten ihm in die Augen, während Celies Gesicht und auch die beiden kleinen Mädchen nur Zufriedenheit und Genugtuung verrieten.

Der Wagen hielt an, um Roman aussteigen zu lassen. Roman hatte inzwischen gemerkt, daß sie auf dem Weg zum Kennedy Airport waren, damit Punka die Antwort so schnell wie möglich nach London bringen konnte. Als ob es überhaupt mehr als eine Antwort hätte geben können. Punka winkte durchs Fenster, als der Wagen weiterfuhr. Celie sah sich nicht ein einziges Mal um.

Kapitány Ferenc Reggel folgte der Taschenlampe des Abgeordneten Imre Szemely über einen Spielplatz zwischen der 77. und der 78. Straße. Der Schein der Lampe streifte über die Mauern und ein Basketballbrett. Das Korbnetz war abgerissen, und über dem Korbring standen die Worte: SPORT IST AUSBEUTUNG.

»Sogar hier, wie man sieht«, sagte Szemely.

Über den Spielplatz gelangten sie an den Hintereingang eines Ladengeschäfts mit Front zur First Avenue. Szemely schloß auf, und sie traten ein. Glänzendschwarze Würste lagen auf Emailtischen, und an hohen Gestellen hingen geräucherte Schinken. An der Wand leuchteten die hellroten Tempera-Flecken von Rosenpaprika. An einem Tisch saß ein Mann, der ihnen erwartungsvoll entgegensah; das Licht der Deckenlampe verfing sich in den weißen Stoppeln auf seinem Kinn und seinen hohlen Wangen. Als Reggel und Szemely näher kamen, setzte er seine Nickelbrille ab, stand aber nicht auf.

»Dr. Martinovics, Kapitány Reggel«, stellte Szemely vor.

Obwohl die Begegnung in seinem eigenen Laden stattfand, war der Abgeordnete nervös. Linkisch suchte er in den Schränken nach Gläsern und Aschenbechern.

»Ich erinnere mich an Sie«, sagte der Doktor zu Reggel. »Ihr Vater und ich waren Freunde, wußten Sie das? Das war, als er bei der Königlichen Garde diente.«

»Das ist *sehr* lange her«, erwiderte Reggel.

»Ich habe Sie auch später noch gesehen. Wie Sie vielleicht wissen, habe ich das Land 1956 verlassen.«

Für Reggel war die Erinnerung daran, daß Martinovics als einer der letzten aus Budapest geflohen war, völlig überflüssig. In New York hatte sich der Doktor der Philosophie zum Führer der größten Friedenskämpfer-Organisation aufgeschwungen. Es gab daneben auch andere Emigrantengruppen, aber Martinovics' Organisation war die einzige, die nicht ihrem Selbstmitleid und Wahnvorstellungen erlegen war. Und das konnte nur gelingen, indem der Haß gegen das kommunistische Regime immer wieder neu angestachelt wurde. Szemely war der gewählte Kongreßvertreter des 17. Wahlbezirks, aber auch als solcher war er nur der verlängerte Arm des Doktors, und dessen Einfluß war in Chicago, St. Louis, Cleveland und Los Angeles ebenso groß wie in New York und Washington.

»Warum wollten Sie mich sprechen?« fragte Martinovics.

»Die Heilige Krone«, antwortete Reggel.

»Ah, ja.« Er nahm die Flasche, die Szemely auf den Tisch gestellt hatte, schenkte den goldenen Tokajer in zwei Gläser und schob eines vor Reggel. »Davon habe ich kürzlich reden hören.«

»Warum mußte Szemely in Ihrem Auftrag eine Ausstellung der Krone hier in New York fordern?« fragte Reggel. »Sie hätten die Rückgabe unterbinden oder die Krone einfach gehenlassen können. Warum also die Ausstellung?«

»Wir leben in einer Demokratie«, klärte Martinovics ihn auf. »Der Kongreßabgeordnete Szemely kann tun und lassen, was er will.«

Der Ladenbesitzer bekräftigte die Worte mit servilem Kopfnicken.

»Ich möchte wissen, was Sie vorhaben, wenn die Ausstellung der Krone eröffnet ist. Sie zerschlagen, um alle Welt in Verlegenheit zu bringen? Sie vielleicht sogar stehlen? Wenn Sie protestieren wollen, mit Plakaten herumziehen, nur zu!

Aber ich warne Sie: Sollte ich die Krone auch nur im geringsten gefährdet sehen, werde ich sie auf jede mir geeignet erscheinende Weise zu schützen wissen.«

»Sohn meines Freundes, die Krone ist bereits in Gefahr, wenn sie sich in Ihren Händen befindet. Wir wären diejenigen, die sie retten würden, nicht ihr. Es gibt Gerüchte, daß ihr die Heilige Krone einschmelzen wollt.«

»Glauben Sie das, Doktor?«

Martinovics schüttelte sich angewidert. »Es ist traurig zu sehen, was das Exil aus ehemaligen Freunden macht. Manchmal könnte man meinen, sie reden von China, dabei reden sie von Ungarn. Wie dem auch sei, warum sollte ich dem kommunistischen Polizisten unsere Pläne verraten? Im übrigen verstehe ich nicht, warum Sie zu dieser späten Stunde mit Drohungen kommen.«

»Nicht mit Drohungen, Doktor. Ich komme mit einer inständigen Bitte: Ersparen Sie der Welt das Schauspiel von Ungarn, die sich wie die Tiere um die Heilige Krone streiten! Alles, nur nicht das. Ich bin ein sozialistischer Offizier, und Sie sind ein Emigrant. Schön und gut, aber zuallererst sind wir beide Magyaren. Ihre erste Pflicht ist die Erhaltung der Stephanskrone als Symbol Ungarns, nicht ihre Gefährdung oder Herabwürdigung durch politisches Gezänk. Wenn Sie Ihr Land lieben, werden Sie es nicht tun.«

»Ich bin nicht verliebt in die Regierung, der Sie die Krone zuspielen wollen.«

»Die Regierung ist unwichtig, es geht um Ungarn!« Reggel schrie es fast. Dann fuhr er leiser fort: »Die Krone darf nicht länger als Unterpfand auf fremdem Boden verbleiben, sie muß zurückkehren nach Ungarn, wohin sie gehört. Regierungen ändern sich im Laufe der Zeit.« Er wischte Martinovics' beabsichtigten Einwurf mit einer Handbewegung beiseite. »Wie sie sich ändern, das weiß ich nicht, und es interessiert mich auch nicht. Marxisten, Faschisten – was ist da der Unterschied?«

»Ein sehr großer.« Der Doktor schob seinen Stuhl zurück

und stand auf. »Mich interessiert aber, was geschieht. Die Männer, die neben mir in Budapest gestorben sind, die hat es auch interessiert. Nur Verräter wie Sie interessiert das nicht. Ihr habt das Land, und jetzt wollt ihr die Krone, damit das Regime sie ans Herz drücken und sagen kann: ›Jawohl, seht her, dies ist der unumstößliche Beweis, daß wir die legitimen Erben des ungarischen Staates sind!‹ Nein, Reggel *ur*, mögen wir auch in Ungarn nicht viel gelten, aber solange die Heilige Krone hier bei uns bleibt, können wir diese letzte Farce verhindern.«

Martinovics' Augen waren gelb und blutunterlaufen. Sein Anzug, ehemals maßgeschneidert, hing an einem durch das Alter geschrumpften Körper. Reggel spürte instinktiv die Verzweiflung eines Mannes, den sein Körper im Stich zu lassen begonnen hatte, und registrierte die Tatsache für einen späteren Tag.

»Wissen Sie, Kapitány, ich erinnere mich wirklich noch sehr gut an Sie. Auch noch an den kleinen Jungen, der am St.-Stephans-Tag die Prozession anführte, die Jungen mit ihren Gesangbüchern und die Mädchen mit ihren Sträußen. Wie lange war das, bevor ihr alle zu Huren für die deutsche Wehrmacht wurdet? Und heute tötet ihr für die Russen, während bessere Männer hier, tausend Meilen von der Heimat, sterben müssen.«

Szemely wandte sich ab und stützte die Hände auf eine der glänzendfeuchten Würste. Reggel hörte ungerührt zu. Er hatte von Martinovics nichts anderes erwartet als heftige Beschimpfungen. Szemely fühlte sich unbehaglich, weil er bereits amerikanischer Staatsbürger war.

Die Tirade des Doktors dauerte volle zehn Minuten, und als er zu Ende war, setzte er sich, um seinen trockenen Mund zu befeuchten.

»Werden Sie dennoch die Heilige Krone in Ruhe lassen?« fragte Reggel.

Der alte Mann ließ den Blick von seinem ängstlichen Glaubensbruder zu dem unerschütterten Sicherheitsoffizier schweifen. Ein gequältes Lächeln brach sich durch seine farblosen Lippen.

»Ich könnte in einer Minute ein paar Männer hier haben, die Sie nicht in Ruhe lassen würden«, sagte er.

»Die Krone«, beharrte Reggel.

»Sie wagen es! Sie wagen es, mich zu bitten?«

»Dann will ich es anders ausdrücken. Ich befehle Ihnen.« Reggel hatte so leise gesprochen, daß er seine Worte wiederholen mußte.

»Wie kann Kapitány Reggel mir befehlen?«

Reggel brauchte eine Stunde, um es dem Doktor zu erklären und die letzten Zweifel des alten Mannes zu zerstreuen. Es war Reggels einzige Karte, aber eine Trumpfkarte, die mit absolut sicherem Erfolg stechen mußte. Um zwei Uhr früh verließ Reggel das Haus durch die Hintertür, über den Spielplatz zur Straße.

»Nur noch eines!« rief Martinovics ihm nach.

Reggel blieb stehen und drehte sich um. Der Doktor stand im Türrahmen, eine Silhouette bis auf das Licht, das sich in dem Nickelgestell seiner Brille spiegelte. Reggel hörte mit dem geneigten Interesse des Siegers zu.

»Wenn du je wieder hierherkommst, Magyar, betrachte dich als toter Mann!«

Als Martinovics in den beleuchteten Raum zurücktrat, schien sein Gesicht hohler als vorher, die Hand am Türrahmen wie dünne Kreidestriche. Dann fiel die Tür zu.

## 7

Roman stemmte die Hände aufs Fensterbrett und lehnte sich hinaus. Die Stadtwerke am anderen Ufer des East River bliesen verräterisch weiße Rauchwolken in den Himmel. Als er nach Hause gekommen war, hatte Dany schon geschlafen, und als er aufwachte, war sie schon wieder gegangen; er hatte ihr also noch nicht erzählen können, daß aus ihrer Reise nichts werden würde. Der Wind zerrte die Rauchwolken von den riesigen Schornsteinen los und trug sie wie Waisenkinder aufs Meer hinaus.

Das Frühstück bestand aus Fleisch, gebraten mit Knoblauch und Zwiebeln. Er nahm die Pfanne und eine Gabel mit ans Fenster und genoß beim Essen den Ausblick.

Die Zahnpasta vermischte sich mit dem Knoblauch zu einem säuerlichen Geschmack. Beim Rasieren schnitt er sich. Sein Körper war fast unbehaart, aber sein Bartwuchs erforderte jeden Tag eine frische Klinge. Als er angezogen war, betrachtete er die Schnittwunde noch einmal im Spiegel, ohne sich dabei in die Augen zu sehen. Ehe er die Wohnung verließ, band er die Krawatte ab und tauschte das Anzugjakkett gegen eine Lederjacke.

Er fand Kore in einer Garage. Ein Dutzend Zigeuner standen herum, während zwei andere mit Schweißbrennern gestohlene Autos zerlegten. Kore saß trübsinnig auf einem Ölfaß.

»Schon gehört?«

Kore nickte. Sein Anzug wirkte noch zerknitterter als sonst.

»Ist ja nur für eine Woche«, versuchte Roman ihn und sich selbst aufzumuntern.

Die blauweiße Flamme eines Schneidbrenners fraß sich durch den Kotflügel eines Jaguar. Der Kotflügel fiel auf eine bereitliegende Decke. Auf dem Boden lagen ausgepackt die einschlägigen Werkzeuge: der Schloßbohrer, ›Schnapper‹ genannt, Haken, die zum Aufbrechen von Schlössern durch die Fenster geschoben werden, und ganze Ringe mit Generalschlüsseln aus dem Herstellerwerk.

»Was bist du doch für ein komplizierter Mensch, Romano«, stellte Kore schließlich fest. »Bei jedem Licht eine andere Farbe.«

Romani, ernsthaft gesprochen, ist eine metaphernreiche Sprache, und Kore war im Augenblick sehr ernst.

»Ein Mann kann nicht ewig auf zwei Pferden reiten. Ich sehe, daß du mit jedem Tag mehr zu denen als zu uns gehörst. Erst das Mädchen, dann die Polizei. Willst du vielleicht der erste Zigeuner im *gaja*-Himmel sein?«

Roman beobachtete voller Neid die Männer beim Zerlegen des Sportwagens. Noch in ihren eisernen Masken folgten sie der Tradition. Jahrhunderte hindurch hatten die Adligen Zigeuner beauftragt, Pferde für sie zu ›kaufen‹, und dann gefragt, in welche Richtung man tunlichst nicht reiten sollte. Antiquitätenhändler hatte es dagegen unter Zigeunern nie viele gegeben.

»Gib mir noch eine Woche, Kore. Dann werde ich frei sein.«

Kores Augen blickten skeptisch, aber er ließ sich erweichen.

»Ich höre, du arbeitest mit Magyaren zusammen. Ich kann dir eine Pistole besorgen.« Er deutete mit dem Kopf zu einem Gebrauchtwagenhändler, der kurz zuvor wortlos in die Garage gekommen war.

»Nein, danke.«

»Stimmt! Du trägst ja nicht mal ein richtiges Messer bei dir.« Kore streckte die Hände von sich. Was konnte er sonst noch tun?

»Was machst du jetzt?« fragte einer der Zigeuner, als Roman gegangen war.

Kore streckte erneut niedergeschlagen die Hände von sich.

»Warten«, sagte er.

Odrich fuhr den Leihwagen, einen Chrysler Charger, in die vorsorglich gemietete Garage. Einer von seinen Leuten, ein großer, blonder junger Mann namens Karl, erwartete ihn im Arbeitsoverall.

Als das Garagentor sich hinter ihm schloß, schaltete Odrich die Scheinwerfer an. Zu beiden Seiten des Kühlergrills öffneten sich die Abdeckungen über den Lampen. Odrich schaltete die Zündung aus.

»Am besten nehmen wir die Spiralfeder ganz heraus«, sagte er. »Wir können die Krone mit Klebestreifen befestigen.«

Karl sammelte die Schrauben in seiner Hand, während er an dem linken Scheinwerfer arbeitete. Nachdem er ihn gelöst hatte, zog er ihn heraus und ließ ihn an den Kabeldrähten über die Stoßstange herunterhängen.

»Und vom Auto zur Kirche, Papa?« fragte er. »Hast du das Problem auch schon gelöst?«

»Ja. Dieser Antiquitätenhändler geht mir nicht aus dem Kopf, und die Idee kam mir, als ich wieder einmal in Gedanken bei ihm war. Also ist er uns zumindest in dieser Hinsicht nützlich gewesen. Wir werden uns einer sehr einfachen Methode bedienen. Die Krone wird in einem Wassereimer transportiert.«

»Das mit dem Kardinal hättest du mir sofort sagen müssen. Ich bin sehr stolz.«

»Gut. Ich habe dich hoffentlich nicht um einen Job gebracht, den du sonst diese Woche angenommen hättest?«

»Die Fotografen wissen allmählich nicht mehr, was sie mit mir anfangen sollen. Zu sexy für die Henri-Bendel-Reklame, sagen sie. Ich frage mich, wie alt ich eigentlich werden muß, bis ich denen nicht mehr zu sexy bin.«

»Das frage ich mich auch.«

Die Hälfte des Mobiliars aus Romans Wohnung war bereits ausgelagert, und das Schlafzimmer enthielt nur noch das Bett, auf dem er lag, und die Frisierkommode, vor der Dany saß. Sie war nackt und bürstete ihr frisch gewaschenes Haar vor dem Spiegel.

»Möchtest du gern, daß ich einen Schönheitsfleck hätte?« fragte sie. »Haben *Romăni chi* Schönheitsflecke?«

Roman richtete sich auf. Er bewunderte die lebendigen Linien ihres Körpers, die von dem lang herabfallenden braunen Haar halb verdeckt waren. Jeder Bürstenstrich dauerte eine kleine Ewigkeit.

Er stand auf, ging zum Frisiertisch und blieb hinter Dany stehen. »Möchtest du einen Schönheitsfleck?«

»Wenn du meinst.«

Er betrachtete ihr Spiegelbild. Seit er sie kennengelernt hatte, war ihr Gesicht breiter und noch schöner geworden; das Kindliche, das ihm früher an ihr aufgefallen war, war fast ganz verschwunden. Ein paar Haarsträhnen hingen über ihre Brust herab, und sie bürstete sie beiseite.

»*Chi* haben keine Schönheitsflecke. Aber wenn du möchtest, kannst du links und rechts neben beiden Augen blaue Punkte anbringen. Das hält den bösen Blick fern.«

Sie betrachtete sich im Spiegel und erwog das Für und Wider. Ihre Pupillen waren blau und braun wie Glasscherben. »Die Punkte würden das Blau meiner Augen stärker betonen«, entschied sie. »Was tragen eure Männer gegen den bösen Blick?«

»Sie tragen einen Ohrring.«

»Du aber nicht.«

»Mein Vater auch nicht. Vielleicht hätte er es besser tun sollen.«

»Erzähl mir von deinem Vater. Du sprichst nie von ihm.«

Sie legte die Bürste auf den Tisch und sah im Spiegel zu ihm auf.

»Mein Vater? Ich weiß noch, daß er meiner Mutter immer die Haare kämmte. Ich saß dann in einer Ecke des Wagens und sah und hörte zu, wie sie sich unterhielten.« Er nahm die Bürste vom Tisch. »Sie hatte langes schwarzes, glänzendes Haar.«

Er zog die Bürste durch Danys Haar. Sie saß ganz still.

»Und noch etwas will ich dir von meinem Vater erzählen«, fuhr Roman fort. »Etwas, das vor unserer letzten Reise nach Rumänien passierte. Wir waren in England und steckten gerade in einer Pechsträhne. Unsere *kumpania* hatte in einem Schneesturm mehrere Wagen verloren, und wir konnten nirgendwo Ruhe finden, weil die Polizei uns überall vertrieb. Der Schnee lag so hoch, daß kein *gaja* zu uns herauskam, um sich die Zukunft voraussagen zu lassen. Wir hatten kein Geld und nichts zu essen. Mein Vater und ich gingen in die Wälder, um etwas zu schießen. Natürlich wartete die Polizei schon auf uns, und kaum daß wir den Wald betreten hatten, hielten sie uns an und nahmen Vater das Gewehr weg, weil der Gutsbesitzer das Wild für seine Jagdsaison brauchte.«

Dany beobachtete ihn im Spiegel, während er beim Erzählen rhythmisch die Bürste durch ihr Haar zog. Irgendwie fand sie es lächerlich, wie sich seine Muskeln spannten, um so sanft wie möglich zu kämmen, aber sie sagte nichts, weil sie fürchtete, den Bann zu brechen.

»Ich hatte vor Wut Tränen in den Augen. Wir brauchten etwas zu essen, und da kommen diese Leute daher, um das Wild für das Vergnügen des Jagdbesitzers zu reservieren. Aber mein Vater gab sein Gewehr ab, und wir drehten uns um, als ob nichts geschehen wäre. Es hatte wieder heftig zu schneien begonnen. Mein Vater riß sein Halstuch in Streifen, und wir stopften es in meine Schuhe. Wir stapften weiter durch den Wald, und ich wußte, daß wir nicht mit leeren Händen zum Lager zurückkehren konnten. Der Schnee reichte mir bis an die Knie, und mein Vater fragte, ob ich umkehren wollte. Ich sagte nein, und wir zogen weiter.«

Dany konnte sich den kleinen, fünfjährigen Roman gut vorstellen, wie er sich weigerte umzukehren. Die Bürste fuhr knisternd durch ihr Haar.

»Schließlich kamen wir an eine große Wiese. Der Schnee war tief und blendend weiß. Mein Vater ging voran, und ich folgte, so gut ich konnte, in seinen Fußstapfen. Als wir ein gutes Stück in die Wiese hinausgekommen waren, hielten wir an und kauerten uns nieder. Mein Vater zuerst, dann ich auf seinem Schoß. Wir müssen ungefähr eine Stunde so dagesessen haben, wortlos, die dicken Schneeflocken um uns herum, als wir plötzlich das Kaninchen sahen. Es trug einen weißen Pelz, und manchmal, wenn es sich nicht bewegte, konnte man es nicht erkennen. Wenigstens ich nicht. Mein Vater aber sah es ganz sicher. ›*Kamas shooshi?*‹ fragte er mich. ›Ja‹, sagte ich, ›ich mag Kaninchen.‹ Wir richteten uns auf, und das Kaninchen reckte den Hals, als es uns erspähte; es verharrte reglos, starr, aber jeden Augenblick zur Flucht bereit. Wir rührten uns nicht, jeder wartete auf eine Bewegung des anderen. Dann begann mein Vater zu pfeifen. Einen einfachen Csárdás. Immer wieder pfiff er die Melodie. Manchmal glaubte ich, das Kaninchen sei längst weggelaufen, wenn ich es nicht mehr sehen konnte, aber es war immer noch da. Mein Vater zog seine Jacke aus, ganz langsam, und hielt sie dem Kaninchen entgegen. Dann legte er sie in den Schnee. Immer noch pfeifend, entfernte er sich, und das Kaninchen lief nicht davon, es blieb, wo es war, und starrte gebannt auf Vaters Jacke. Mein Vater machte einen großen Bogen, und das Kaninchen ließ die pfeifende Jacke nicht für eine Sekunde aus den Augen. Auch dann nicht, als mein Vater es von hinten packte und auf der Stelle tötete... Es war ein herrliches Abendessen.«

Die Bürste war zeitweilig zur Ruhe gekommen, strich nun aber wieder durch ihr Haar.

»Hat dein Vater dir gezeigt, wie man das macht?«

»In demselben Jahr haben ihn die Nazis umgebracht.«

»Hier in der Stadt hätte es dir sowieso wenig nützen können.«

Roman sagte nichts, bis er mit seiner Arbeit zufrieden war und die Bürste auf den Tisch legte.

»Vielleicht doch. Hast du schon einmal eine Krone pfeifen hören?«

Dany schüttelte den Kopf. »Ist das wieder so ein Romani-Trick?«

»Nicht Romani. Woher er stammt, weiß ich nicht.«

Am liebsten hätte Dany auch noch nach seiner Mutter gefragt, aber sie wußte, daß sie an diesem Tag von ihm nichts mehr über seine Eltern erfahren würde. Sie stand auf und schlang die Arme um seinen Rücken.

»Ich liebe dich.«

*»Manda cam tute.«*

Sie gingen zu Bett.

# 8

Eine gotische Kathedrale ist von ihrer Architektur her so angelegt, daß alles Körperliche zurücktritt und sich die Seele erhebt. Als Isadore durch das Portal in St. Patrick eintrat, war er wie benommen. Er hatte schon dienstlich in kleineren Kirchen zu tun gehabt, aber noch nie hatte er eine ausgewachsene Kathedrale betreten, und schon gar nicht eine wie St. Patrick.

Isadore war kein kleinlicher Kritiker, und so stand er überwältigt da.

Eine Synagoge hatte gerade, logische Linien, und Gott gab sich damit zufrieden, der Allmächtige zu sein. Hier dagegen ragten die Säulen in schwindelnde Höhen auf, breiteten sich die schlanken Bögen aus, kreuzten sich wie Linien eines gewölbten Universums. Gott – zwischen steinernen Pfeilern, zerlegt und abermals zerlegt zu einem bunten Karussell aus Märtyrern und Heiligen. Die vielfältigen Farben der Fenster hatten selbst die Luft zu vibrierendem Leben erweckt. Die Fifth Avenue draußen vor dem Portal lag in unendlicher Ferne. Der Anblick dreier Männer holte ihn in die Wirklichkeit zurück.

Im Sanktuarium vor dem Hochaltar stand der Chef der New Yorker Polizei, neben ihm zwei seiner Beamten.

Commissioner Jack Lynch erwartete ihn mit grimmigem Gesicht. Lynch war Ire vom schwärzesten Schlag, von kleiner Gestalt, aggressivem Temperament, seit dreißig Jahren bei der Polizei, aber erst seit fünf Monaten im Amt des Polizeichefs.

Am Tag nach seiner Ernennung hatten ihn Reporter gefragt, ob er beabsichtige, die Stadt gründlich zu säubern, und er hatte geantwortet, das sei etwa, als wolle man einer Geschlechtskrankheit dadurch zu Leibe rücken, daß man einfach die Bettlaken wechselt. Seitdem hielt ihn der Bürgermeister am kurzen Zügel.

»Sir, ich möchte einen Protest anmelden«, waren Isadores

erste Worte. »Ich habe zwei Fälle vor Gericht anstehen.«

»Sergeant, ich habe zweihunderttausend Fälle vor Gericht, ich habe tausend Mordfälle, zehntausend Vergewaltigungen und noch mal das Zehnfache an Gewaltverbrechen. Glauben Sie, da hätte ich Zeit, mich um Ihre Probleme zu sorgen?«

»Es ist ja nur... Ich glaube, ich bin nicht der richtige Mann.« Lynchs Schritte hallten auf dem grau-grünen Terrazzoboden.

»Natürlich sind Sie das nicht. Hat auch niemand behauptet. Aber dank Ihrer Unterlagen haben wir einen uns nicht unbekannten Experten gefunden, und dieser Experte will eben nur mitmachen, wenn Sie auf unserer Seite mit ihm zusammenarbeiten. Sie scheinen nicht zu wissen, daß es leichter ist, einen Polizisten zu ersetzen als einen Experten.«

Isadore schwieg. Weder ja noch nein schien ihm hier ganz die richtige Antwort zu sein.

»Ich habe heute einen hochverdienten Mann, Lieutenant Donnelly, Mitglied der Knights of Columbus, zurückziehen und Sie an seine Stelle setzen müssen. Während draußen die Stadt in Verbrechen ertrinkt, muß ich hierherkommen und mich mit dem Kardinal über irgendeine Krone unterhalten, die mir von ganzem Herzen gestohlen bleiben...« Er tippte mit der Fußspitze auf den Boden und ließ den Gedanken in der Schwebe. »Ich habe dem Bürgermeister gesagt, Sie seien ein kompetenter Mann.«

»Danke.«

»Wofür? Was sollte ich denn sonst sagen? Daß meine Wahl in diesem politischen Zirkus auf unseren Spezialisten für Schwarze Kunst gefallen ist? Daß Sie mit Ihren 49 Jahren es zwar nur bis zum Sergeant gebracht haben, daß Sie aber einen trefflichen Vortrag über Zigeuner hinzulegen verstehen?«

»Was ist daran so seltsam?« murmelte Isadore.

Der Commissioner warf ihm einen giftigen Blick zu.

»Ich möchte vor allen Dingen keine Zwischenfälle à la

Kossygin mit diesen Freiheitskämpfern. Lassen Sie sich von BOSSI eingehend über diese Organisationen informieren! Und kümmern Sie sich nicht um den Transport vom Flughafen hierher. Das wird Donnellys Aufgabe sein. Sie sind lediglich hier für die Kirche zuständig. Ich gebe Ihnen zehn Mann. St. Patrick faßt fünftausend Menschen. Glauben Sie, daß Sie die alle unter die Lupe nehmen können? Schütteln Sie nicht den Kopf, lassen Sie mich erst ausreden! Der ungarische Captain bringt selbst noch mal zehn Leute mit.«

Isadore hatte eine Idee. »Vielleicht paßt es dem Ungarn nicht, daß ich erst so spät in Aktion trete.«

»Warum nicht? Vorher mußte er sich das Kommando mit einem Lieutenant teilen; jetzt kann er einen Sergeant herumkommandieren. Was ist denn daran so unangenehm?«

»Nichts«, hörte Isadore sich sagen.

»Also gut. Ich nehme an, Sie wissen, wie Sie mit ihm auskommen können. Hilfsbereit, aber nicht unterwürfig, klar?« Lynch warf ihm einen betrübten Blick zu. »Wenn irgendwas passiert, rufen Sie mich persönlich an. Viel Glück!«

Isadore hatte geglaubt, der Commissioner würde ihm die Hand schütteln, aber Lynch drehte sich zum Altar um, bekreuzigte sich und ging.

Isadore kannte die beiden Zivilbeamten, die sich bisher still verhalten hatten. Der eine war Präsident der Emerald Society, einer Vereinigung, die sich rühmen konnte, die vierzig Prozent der Polizeistreitkräfte zu ihren Mitgliedern zu zählen, die irischer Abstammung waren. Der andere war der Leiter der Detektiv-Abteilung und Präsident des Shinrom, der Gesellschaft jüdischer Polizisten.

»Diesmal hat es Sie aber wirklich erwischt, Harry«, sagte der letztere. »Wir können froh sein, daß die Jewish Defense League nicht in diese Geschichte verwickelt ist.«

»Al«, begann Isadore, aber der Mann hatte sich bereits umgedreht und folgte dem Commissioner.

Der andere Mann klopfte Isadore auf die Schulter. »Nehmen Sie's nicht so schwer, Sergeant. Sie kennen ja Al Meyer, dauernd unter Dampf. Und Jack Lynch... ein guter Polizist hat es nicht leicht in seinem Amt, das wissen wir doch alle. Ich werde die beiden beruhigen, und falls Ihnen irgendeiner unserer Leute Ärger macht, sagen Sie ihm, Sie hätten volle Rückendeckung durch Captain Gleason. Okay?«

»Ich bin Ihnen sehr dankbar, Captain.«

Die beiden Männer gaben sich die Hand, der Captain machte das Kreuzzeichen und verließ das Sanktuarium über die Stufen. An der Kommunionbank blieb er noch einmal stehen. »O Gott«, sagte er kopfschüttelnd, »ein Zigeuner und ein Jude bewachen die St.-Patricks-Kathedrale!«

Reggel beobachtete Isadore aus der Höhe des Triforiums. Der rundliche Sergeant würde kaum Schwierigkeiten bereiten. Der Mann mochte über Intelligenz verfügen, aber sicher nicht im Übermaß. Und er hatte Vertrauen zu Grey, soviel stand fest. Was den Kardinal betraf, so hatte dieser zu viele andere Probleme, um sich mit der Bewachung der Krone abzugeben. Die Erzdiözese hatte ein Zwei-Millionen-Dollar-Defizit allein für die Unterhaltung der Schulen, und Killane hatte alle Hände voll zu tun, das Geld bei den Rockefellers und den Tishmans lockerzumachen. Reggel hatte sich genauestens informiert.

Während Isadore sich auf die Suche nach einem Kirchendiener begab, beendete Reggel die Inspektion des Säulengangs. Insgesamt gab es vier Galerien. Die beiden Seitengalerien über dem Sanktuarium waren etwa fünfzehn Meter lang und anderthalb Meter breit und hatten jeweils drei Bogenöffnungen zum Altar und seinem Baldachin. In den Bogenöffnungen befanden sich zwei Ventilatoren und gegenüber, an den Wänden, die Winden für die Kronleuchter, die vor den Lichtgaden über das Sanktuarium herabhingen. Hier hatten damals, bei den Feierlichkeiten für Kennedy, die Amerikaner ihre Leute postiert, hier und auf den übrigen Galerien. Der Plan fand Reggels Billigung.

Natürlich konnte er sich auch irren: Vielleicht gab es gar keine Gefahr. Jeden Tag durchsuchte er die europäischen Zeitungen nach Mitteilungen über Odrich. Er wußte, wie sehr Odrich die feine Lebensart zu schätzen wußte, und hatte, seit die Entscheidung über die Rückgabe der Krone gefallen war, die Gästelisten sämtlicher Luxushotels überprüft. Wenn er sich überhaupt eines Vorteils sicher sein konnte, so war es der, daß er sich in der Kirche auskannte und Odrich nicht. Es gab nur zwei Bezugsquellen für die Baupläne der Kathedrale, das Stadtarchiv und die Columbia University, und für die nächsten zehn Tage lag das alleinige Verfügungsrecht bei der ungarischen Mission.

Und sollte wirklich etwas dazwischenkommen, so hatte er immer noch Grey. Soviel war sicher.

Voller Zuversicht verließ Reggel die Galerie über eine Wendeltreppe, um den umherirrenden Juden aufzusuchen.

Roman tat inzwischen etwas zur Sicherung der Zukunft. Er nahm die Fähre nach Staten Island. An der Anlegestelle bestieg er ein Taxi und ließ sich über den Victory Boulevard durch Bilderbuchstädtchen und kleine Wälder fahren.

Im Zentrum der Insel stieg er aus. Kleine Fabriken und leere Grundstücke, gesäumt von Lindenbäumen. In der hinteren Ecke eines dieser Grundstücke entdeckte er den aufgebockten Aluminiumanhänger, den er suchte; ein Ding mit Buckelaufsatz von der Art, wie sie vor zwanzig Jahren gebaut wurden.

Roman trat ein, ohne anzuklopfen, denn nur Polizisten und Fremde pflegten zu klopfen. Pulika Wells saß an einem Tisch. Abgesehen von einem Hut und einem grellroten Halstuch war er von der Hüfte aufwärts nackt, und die Haut über seinem Bauch legte sich wie abgetragenes Leder in Falten. In einer Ecke des Anhängers saß ein kleiner Junge und spielte an einem Blasebalg herum.

*»Sarishan!«*

*»Sarishan, Romano!«* grüßte Pulika zurück. »Setz dich! Ich hab' mich schon gewundert, warum du nicht mehr vorbeikommst.« Und zu dem Jungen gewandt: »Tee für den Rom!«

Der Junge setzte einen Kessel auf eine Kochplatte. Roman schätzte sein Alter auf höchstens sieben Jahre. Er hatte schwarzes Haar und blaue Augen, ein Merkmal des Wells-Clans, das von ihrem Namensvetter, einem unehelichen Sohn Karls II., herstammte.

»Mein Urenkel«, sagte Pulika.

»Ein hübscher *chal*.«

»Er ist ein Künstler. Er wird es nicht leicht haben, so hübsch und gleichzeitig ein Künstler zu sein. Darum halte ich ihn, so lange ich kann, von der Stadt fern.«

Roman wußte, daß Pulikas Söhne ihren Vater schon immer zum Umzug in die Stadt bewegen wollten. Seine Frau war tot, und die Eltern des Jungen waren bei einem Unfall auf der Landstraße ums Leben gekommen. So wie die Dinge standen, kam der Junge nur in die Stadt, wenn die Schulen auf Staten Island ihn suchten, und dann auch nur für diesen einen Tag. Wie viele der alten Roma war Pulika nicht dazu zu bewegen, auch nur eine Nacht aus freien Stücken in einem Haus zu verbringen, und der Junge lebte bei seinem Urgroßvater.

Der Junge servierte die Gläser mit Tee auf einem Kupfertablett mit kunstvoll ineinander verschlungenen Verzierungen.

»Das hat er selber gemacht«, sagte der Alte mit einem Stolz, den er nicht verhehlen konnte. »Und er wird noch besser werden, wenn seine Hände erst kräftiger sind. Wenn er ein Pferd hätte, das er reiten könnte, wären seine Hände schon stärker. Es müßte natürlich ein sanftes Pferd sein, aber wie viele von uns kennen denn überhaupt noch Pferde?«

»Vielleicht kriegt er eines Tages eines.« Die blauen Augen des Jungen leuchteten vor Aufregung. Roman trank ihm zu. »*Aucko tu gry, prala!* Auf dein Pferd, Bruder!«

Nach einem weiteren Austausch ritueller Floskeln kippte Roman sein Glas auf die Seite und gab damit zu erkennen, daß er keinen Tee mehr wünschte.

»Du hast einmal zu mir von den Magyaren gesprochen, Onkel. Ich habe ein paar Fragen.«

»Ich weiß schon. Komm mit, du kannst mich bei der Arbeit fragen.«

Hinten in Pulikas Anhänger war ein Wellblechverschlag mit einem gebogenen Dach, wie man es von den Wagen amerikanischer Zigeuner kannte, bevor diese auf Motorfahrzeuge umgestiegen waren. Ein großer, knochiger Hund kam hervor und lief freudig um Pulika herum. Es war eine besondere Züchtung, eine Art Windhundmischung, wie sie nur in einem Zigeunerlager anzutreffen war.

»Laß dich nicht vom amerikanischen Hundezüchter-Verband erwischen!« Roman kraulte dem Tier den Kopf.

In dem Wellblechverschlag hatte Pulika seinen kleinen Amboß im Boden verankert. Der Junge kümmerte sich um das Schmiedefeuer, ein einfaches Loch im Boden. Er legte Holzkohle in die Glut und fächelte das Feuer mit dem Blasebalg an. Der Blasebalg war nichts weiter als ein gewendetes Ziegenfell mit einem Luftansaugschlitz und einem Rohr in einem der vier Beine, durch welches der Luftstrahl entweichen konnte. Als das Feuer gut angefacht war, senkten Pulika und Roman einen Kupferkübel in das Loch. Schon nach wenigen Minuten verfärbte sich der Kübel purpurrot. Pulika nahm ein Eisenrohr aus einer Kiste. Seine alten Muskeln spannten sich unter der dunklen Haut. Er warf das Rohr neben den Kübel und zeichnete mit dem Finger ein S auf den Boden.

»Für eine Brauerei. Die haben nur zwei Möglichkeiten: Entweder warten sie einen Monat, bis sie es von einer Spezialfabrik gemacht bekommen, oder sie kommen zu den Kalderas.« Er zuckte die Achseln. »Es ist nicht mehr die Feinarbeit, wie ich sie früher gemacht habe, aber sie zahlen. Und ich habe keine Frau mehr, die für mich die Wahrsagerei betreibt.«

Der Junge saß mit gekreuzten Beinen am Feuer. Nun, da es brannte, konnte er den Blasebalg mit den Füßen betätigen und gleichzeitig mit dem Hund spielen. Die beiden Männer hockten sich nieder, und Roman bot seine Zigaretten an.

»Ich höre, man hat dir ein ungarisches *sonakey* anvertraut.« Pulika blinzelte durch den Rauch.

»Das ungarische Goldstück überhaupt. Die Stephanskrone. Ich muß wissen, was du weißt.«

»Warum nicht, Romano? Vielleicht kann der Junge auch gleich etwas lernen.«

Pulikas Stimme verlor die Heiserkeit, während er in den Rhythmus des Geschichtenerzählers verfiel. Der Hund legte sich unter der Hand des Jungen auf den Boden. Der Kübel verfärbte sich von Purpur zu Hellrot.

Pulika hatte, als der Krieg ausbrach, als *sonakeyengro*, als Goldschmied, gearbeitet. Er war damals noch jung, gerade vierzig, und er lebte mit seinen Leuten im eigenen Lager. Zu Anfang war es ihnen gar nicht schlechtgegangen, weil die Ungarn auf seiten der Deutschen waren und er frei umherziehen konnte, solange er nur seinen ›Ausweis‹ hatte, wie es die Behörden nannten, eine Sondererlaubnis von einem ›Kommandanten‹, einem deutschen *guero*.

»Aber wenn man einen Fluß verunreinigt, sterben auch die schnellsten Fische. Eines Tages, es war im fünften Jahr des Krieges, wurden wir von *gueri* in schwarzen Uniformen angehalten. Sie sagten, wir würden nicht mehr als Arier betrachtet, was immer sie damit meinten. Was wir auch sein mochten, in dem Moment, wo wir keine Arier mehr waren, war das ein Verbrechen. Wir wurden also festgenommen und in ein Lager mit Stacheldraht ringsum gebracht, nach Hopfgarten in der Nähe von Salzburg in Österreich. Es war ein Sonderlager für Roma, ein ›Zigeunersammelplatz‹, wie sie es nannten. Eine Zeitlang hatten sie uns mit Juden zusammen getötet, aber die Juden beschwerten sich. Sie traten dem Tod mit Wehklagen entgegen. Wir dagegen sangen. Nun ja, der Tod ist nun mal unvermeidbar. Furcht vor dem Tod ist reine Zeitverschwendung. Die Menschen begegnen ihm eben auf verschiedene Art und Weise, und wer kann sagen, welches die bessere ist? Aber wie typisch war es wieder einmal für unsere Mörder, ausgerechnet auf diese eine Beschwerde Rücksicht zu nehmen und auf sonst keine. Ich könnte noch eine Zigarette gebrauchen.« Roman zündete eine an und gab sie Pulika.

»Eines Morgens standen alle Tore weit offen. Die Bewacher waren in der Nacht davongerannt, und wir hörten, daß die Amerikaner im Anmarsch seien. Sofort drängte alles aus dem Lager. Wir fanden einen Wagen, luden die Frauen hinein und zogen ihn über die Felder, abseits der Straßen. Am zweiten Tag, wir waren noch nicht sehr weit gekommen, trafen wir auf die Ungarn. Es waren ihrer sechs, lauter Offiziere, und ihr Auto lag umgekippt auf der Seite. Sie richteten ihre Gewehre auf uns, aber du kannst es mir glauben, sie hatten mehr Angst als wir, weil das ganze Land von den Amerikanern überrannt war und die Deutschen sich ergeben hatten. Sie befahlen uns, mit anzupacken, um das Auto wieder auf die Räder zu stellen. Als wir das geschafft hatten, wurden sie natürlich etwas freundlicher und fragten, wohin wir wollten. ›Fort von der toten Schwalbe‹, gab ich zur Antwort. Sie lachten und sagten, das sei wieder mal typischer Zigeuner-Unsinn, aber das war es natürlich nicht. Ich war verbittert, weil so viele gute Roma hatten sterben müssen. ›Was hast du vor dem Krieg gemacht?‹ fragten sie mich. Ich war arrogant. Heute, wo ich nur noch mit Eisenrohren arbeiten kann, bin ich nicht mehr so arrogant, aber damals war ich es.«

Der Kupferkübel hatte die heißeste Stufe erreicht, ein schwaches, schimmerndes Grün. Der Alte sah zu seinem Urenkel hinüber.

»›Ich war Goldschmied‹, sagte ich. Und dann hatten sie plötzlich ihre Waffen wieder in der Hand und führten mich zu der Heiligen Krone.«

Sechs Männer saßen in einem Zimmer des ›Commodore Hotel‹ und machten eifrig Notizen zu einem Lichtbildervortrag.

Das erste Dia zeigte den Nebeneingang, durch den Killane von seiner Residenz aus die Kirche zu betreten pflegte. Die folgenden waren Nahaufnahmen von dem Türschloß und den Scharnieren.

»Eine Alarmanlage gibt es anscheinend nicht.«

»Nein. Auch nicht bei den übrigen Türen«, sagte Odrich. »Der Kardinal legt sehr großen Wert darauf, daß es sich um ein Gotteshaus handelt. Es sind durchweg sehr einfache Schlösser, wie man sieht, zumal ja auch ständig Kirchendiener und Wartungspersonal im Einsatz sind.«

Er drückte auf einen Knopf, und das Rundmagazin des Projektors drehte sich zum nächsten Bild. Es zeigte den Nebenausgang zum Verwaltungsgebäude, der dem vorigen fast völlig glich.

»Befindet sich auf der anderen Seite die Privatsakristei des Kardinals, so haben wir hier einen Raum für die Kirchendiener. Den werden zweifellos die Ungarn mit Beschlag belegen.«

Als nächstes kam ein Dia von der Rustikamauer, die um den ganzen Komplex, auf dem sich die Kathedrale erhebt, herumführt. Eine Tür war in die Mauer eingelassen.

»Nach den Grundrißplänen zu urteilen, führt diese Tür zum Kesselraum. Sie ist aus Eisen, wie man sieht.« Das nächste Dia zeigte das Schloß von der Außenseite. »Allem Anschein nach ein ganz normaler Riegelmechanismus.«

»Dann werden wir nur wenige Minuten brauchen, um hineinzukommen. Der Polizist, der an der Kirche postiert ist, wird die Tür nicht einsehen können.«

»Schön und gut, aber vergessen wir nicht, daß Cartier und Tiffany ihre Geschäfte an der Fifth Avenue haben. Die Straße wird ständig von Streifen bewacht. Wenn wir hier reinwollen, muß uns jemand aufmachen, oder wir müssen einen Schlüssel haben. Es gibt noch eine andere Möglichkeit hineinzukommen.«

Auf der Leinwand erschien eine Aufnahme der Fenster direkt über dem Altar der Marienkapelle. Ein zweites Dia mit einem der Seitenfenster der Kapelle und ein drittes mit dem äußeren der drei Spitzbögen dieses Seitenfensters folgte.

»Das untere Fensterquadrat kann zur Belüftung geöffnet werden. Hier hat der Kardinal auf Reggels Anregung ein Stromkabel zwischen zwei übereinanderliegenden Quadraten ziehen lassen.

»Wir durchschneiden also das Glas, kleben Kupferdrähte an die Kontakte und öffnen dann das Fenster.«

»Schon richtig. Aber das Glas ist ein Problem. Am schwierigsten ist es natürlich bei alten Buntglasfenstern, bei denen die Metalloxide das ganze Glas durchdringen, aber auch wenn nur Pigmentfarben in die Oberfläche eingebrannt sind, erschwert das die Arbeit mit dem Glasschneider.«

Es folgte eine Erörterung verschiedener Methoden und Techniken. Klebestreifen waren bei unebenen Flächen unzuverlässig, Saugnäpfe waren fürs Kino. Falls die gesamte Glasscheibe von metallischen Farbstoffen durchdrungen war, würde auch ein Diamantschneider zuviel Lärm machen. Würde das Licht von außen einen Schatten durchs Fenster werfen? Immerhin lag St. Patrick an der Madison Avenue, und das war nun weiß Gott nicht eine von den unbeleuchteten Durchgangsstraßen, an denen die meisten europäischen Kirchen lagen. Je intensiver das Gespräch geführt wurde, desto mehr verfiel man vom Englischen ins Italienische. Als Odrich schließlich dieselben Argumente zum zweitenmal hörte, schlug er vor, die Diskussion zu beenden und etwas zu essen.

Ein kaltes Büfett mit Melonen und Schinken wartete auf dem Kaffeetisch, und sie entspannten sich beim Essen vor dem Fernsehschirm. Etwa in der Mitte der Elf-Uhr-Nachrichten erschien auf dem Bildschirm eine Zeichnung der Heiligen Krone. Danach folgte ein Schnitt zu einem Film von der St.-Patricks-Kathedrale und einem unterirdischen Raum mit Tischen voller Meßgewänder ringsum an den Wänden.

»Sie wird also in der Sakristei aufbewahrt«, stellte einer der Männer vor dem Bildschirm fest.

Das Hotelzimmer war von Odrichs Helfern mit einer Kreditkarte auf den Namen der italienischen Illustrierten *Oggi* gemietet worden. Odrich hatte herausgefunden, daß Hotelangestellte sich die Gesichter von Gästen weniger nachhaltig einprägten, wenn diese ihre Identität hinter einer Institution verbargen. Wenn die Oggi-Karten gestohlen waren, paßte das durchaus zum Charakter des Ganzen. Die Karteninhaber hatten ihre Identität schon seit langem verloren.

Nach Ende des Krieges waren Kinder aus Ungarn, Polen, Jugoslawien und der Tschechoslowakei nach Italien geströmt. Vor den Toren der Stadt Triest hausten sie in einem Flüchtlingslager mit Namen Padriciano, und dort hatte sich Odrich die intelligentesten, kräftigsten und verlassensten Exemplare einer entwurzelten Menschheit herausgesucht. Er bot ihnen Geld, Schulbildung und einen Namen, und das war mehr als genug.

Genau das wollte auch Frederick Morton, und darum war er hier. Harlem war das Padriciano von New York.

Als die Männer ihn zum erstenmal angesprochen hatten, war Morton mißtrauisch gewesen. Es war schon merkwürdig genug, wenn Weiße sich in einem Schwimmbad in Harlem herumtrieben und Fragen stellten. Aber Harlem war eine Fantasiewelt. Der mythische Finger hatte auf ihn gewiesen, ausgerechnet auf ihn. Wenn es ein weißer Finger war, was sollte es? Das mürrische Wesen des jungen Negers unterlag der Hoffnung auf eine Zukunft, die vorher unmöglich gewesen war. Und Odrich machte es ihm leicht. Morton brauchte nicht einmal mehr zu seiner Zimmerhälfte an der 120. Straße zurückzukehren. Er zog in ein Hotelzimmer, das Odrich für ihn reserviert hatte, er trug die Kleider, die Odrich ihm gekauft hatte. Was kümmerte es ihn, wenn die Etiketten herausgetrennt waren; schließlich galt es für ihn, eine ganze Vergangenheit herauszutrennen. Der Beweis, daß er es schaffen würde, waren die Männer um ihn herum.

Ein Filmprojektor wurde aufgestellt und präpariert. Frederick Morton fühlte den Druck des Biers auf seiner Blase und bat um Erlaubnis, das Badezimmer aufzusuchen.

»Du brauchst nicht um Erlaubnis zu fragen«, sagte Odrich. »Du gehörst jetzt zu uns.«

Im Badezimmer hingen feuchte Negative. In der Badewanne schwammen frische Abzüge. Als er fertig war, nahm Morton sie näher in Augenschein. Sie waren ganz anders als die Diapositive, die er soeben im anderen Zimmer gesehen hatte – keine Türen oder Fenster, Schlösser oder Alarmanlagen. Statt dessen Priester und Altäre und Kommunionbänke.

Die Neugier des jungen Mannes war erwacht. Er öffnete den Wäscheschrank. In den Fächern lagen die Minox-Kameras, in deren Bedienung man ihn eingeweiht hatte. Im untersten Fach stand ein Lederkoffer, den Odrich am Nachmittag hergebracht hatte. Wenn er richtig geraten hatte, dann enthielt der Koffer einen silbernen Kelch.

Der Koffer hatte ein Kombinationsschloß. Morton berührte leicht den Deckel und fuhr erschrocken zusammen, als er sich bewegte. Er hob den Deckel mit beiden Händen hoch und starrte in den Koffer.

Odrich hatte sich nicht geirrt: Frederick Morton war ein heller Junge. Er wußte sofort, daß er die gleiche Krone vor sich hatte, die er Minuten zuvor auf dem Bildschirm gesehen hatte.

# 9

Die Wagenkolonne bog in die geräumte 50. Straße ein und rollte an der Südseite von St. Patrick entlang. Die Autosirenen gaben für Presseleute und Fotografen das Zeichen zum Einsatz. An den Absperrungen begannen die bis dahin geduldig verharrenden Freiheitskämpfer mit ihren rhythmischen Rufen und dem Schwenken der Plakate. Isadore gab seine Bemühungen, die Geräusche aus dem Funksprechgerät zu verstehen, auf und reichte es angewidert an einen neben ihm stehenden Polizisten weiter. Andererseits verstand er auch nicht, was die Demonstranten brüllten, und das war immerhin etwas, wofür er dankbar sein mußte.

Sobald die Kolonne vor der Kirche zum Stehen gekommen war, tauchten der Bürgermeister und seine Leibwache auf. Der Leibwächter rannte sofort die Treppe hinauf, während der Bürgermeister dem Kardinal aus dem Wagen half. Botschafter Nagy, der Chef der ungarischen Mission, vertrat sich die kurzen Beine in Gesellschaft der Kulturvertreter. Wie auf Verabredung bildeten die Diplomaten, Funktionäre und Streifenpolizisten zwei Reihen. Erst dann öffnete Reggel den Schlag einer Limousine in der Mitte der Kolonne und befahl seinen Leuten auszusteigen. Zwei Männer kamen rückwärts heraus, in der Hand den Messinggriff einer Tragestange, zwei weitere folgten mit den anderen Enden der Stangen, und in der Mitte zwischen ihnen thronte die Eisentruhe.

Roman wartete in der Kirche; er stand mit Reggels stellvertretendem Kommandeur, einem Leutnant Csonka, auf der Orgelbühne. Oben auf den Emporen traten die übrigen Männer aus Reggels Gruppe einen Schritt zurück in den Schatten. Im Vorraum knisterte es vor gespannter Erwartung, und als die Tore sich öffneten, fiel das grellweiße Blitzlicht der Fotografen auf die hintersten Bankreihen. Die vier Männer mit der Truhe kamen herein, gefolgt von der Begleitung. Immer mehr Würdenträger kamen durch das Portal und traten zur Seite, um den Kameraleuten den Blick zur Truhe freizumachen, die im Aufflammen der Blitzlichter immer kleiner zu werden schien. Die Prozession bewegte sich durch den Mittelgang bis zum Altargitter. Dort sprach Killane ein paar Worte und nach ihm ein ungarischer Geistlicher. Als dieser Teil der Zeremonie erledigt war, zogen die meisten der Würdenträger ab. Eine kleine Gruppe folgte der Truhe durch den Wandelgang bis zur Rückseite des Chorraums, wo sie über die Treppe hinter dem Hochaltar in die Sakristei hinabstiegen.

Roman wartete wie befohlen, bis Isadore die Kirche betreten hatte, ehe er die Orgelbühne verließ.

Die Truhe stand auf einem mit rotem Samt bedeckten Tisch. Sobald Isadore mit Roman durch die Sakristeitür getreten war, wurde diese geschlossen und verriegelt. Außer einem nervösen Blick schenkte niemand den beiden Männern Beachtung. Reggel wich nicht von der antiken Truhe.

Auf ihrer Vorderseite schwebten Engel mit dem ungarischen Staatswappen auf den Schultern. Der Truhendeckel war mit drei schweren Vorhängeschlössern gesichert. Jede der Überwurflaschen lag unter einem Wachssiegel mit der Inschrift: ARMEEMINISTERIUM – ABTEILUNG ARCHIV.

Dr. Gyula Andos, ein kleiner Mann in formellem Cocktail-Anzug, hielt einen schwarzangelaufenen Schlüssel in der Hand.

»Dr. Andos war der letzte ungarische Gelehrte, der die Krone vor dem Krieg gesehen hat«, verkündete Botschafter Nagy. »Er wird das erste Schloß öffnen.«

Nervöses Fingern verriet den Übereifer des Doktors. Schließlich hatte er den Schlüssel im Schloß, und es sprang auf. Der zweite Schlüssel wurde einem Mann namens Szemely übergeben. Er schob ihn energisch ins Schloß.

»Nicht zu kräftig, bitte!« warnte der Doktor auf ungarisch.

Das Schloß sprang auf, und Reggel nahm es zusammen mit dem ersten an sich. Der letzte Schlüssel wurde Killane und dem Bürgermeister angeboten, aber beide zögerten, ihn anzunehmen.

»Wenn Sie darauf bestehen«, schaltete sich der ungarische Botschafter ein. Mit unverhohlenem Vergnügen steckte er mit einer eleganten Bewegung den Schlüssel ins Schloß und drehte ihn um. Reggel nahm das letzte Schloß von der Truhe und hob die nunmehr losen Riegel ab. Mit dem ersten Zug brach das Wachssiegel. Der zweite hob den Deckel hoch und enthüllte den ungarischen Staatsschatz in drei mit Samt ausgeschlagenen Fächern.

Zur Rechten lag das königliche Zepter. Im linken Fach der Heilige Reichsapfel, eine goldene Kugel mit einem Kreuz. Im tieferen Mittelfach schließlich, auf einem Samtkissen, die Krone des heiligen Stephan.

»Die ist aber ganz anders!« platzte der Bürgermeister heraus. Niemand nahm Anstoß, er sprach nur aus, was alle dachten.

»Sie ist eben unvergleichlich«, stellte Andos voller Stolz fest.

»In den Aufzeichnungen des Vatikans wird sie als die *sanctissima corona* bezeichnet. Wenn sie auf Sie befremdend wirken sollte, so nur deshalb, weil sie wie ihr Volk ist: halb westlich, halb östlich. Könnten Sie sie herausheben, Kapitány?«

Reggel hob die Krone auf ihrem Kissen aus der Truhe.

Sie war etwas größer als ein menschlicher Kopf. Das untere Diadem war grüngolden, die obere Halbkugel rotgolden. Obenauf war ein kleines, gedrungenes, nach rechts geneigtes Kreuz. Auf dem Samtkissen kräuselten sich schlanke Goldkettchen, die an dem Diadem befestigt waren.

»Dies war das Geschenk des Papstes Sylvester II. an König Stephan, den ersten christlichen König von Ungarn.« Andos deutete auf die rotgoldenen Bänder. »Seine Krönung mit dieser Krone vor fast tausend Jahren bedeutete den Anfang der ungarischen Nation. Jedes dieser Bänder ist verziert mit kleinen Emailplaketten in reich mit Gemmen und Perlen besetzten Filigranfassungen. Die Bänder weisen Risse auf nicht nur vom hohen Alter, sondern auch als Ergebnis des dauernden Versteckspiels während der hundertjährigen Besatzung Ungarns durch die Türken. Das untere Diadem wurde vermutlich siebzig Jahre später angefügt. Es war ein Geschenk des byzantinischen Kaisers Michael Dukas an unseren König Geza als Dank für Ungarns Hilfe im Krieg. Auch das Diadem ist mit Emailtafeln von Aposteln und Königen verziert. Die Steine stammen sämtlich aus jener Zeit, nur dieser große, facettierte Saphir an der Rückseite stellt eine Ergänzung aus dem 17. Jahrhundert dar. Am oberen und unteren Rand des Kopfbandes sehen Sie die auf Golddraht aufgezogenen Perlenreihen und rund um den oberen Rand die durchscheinenden blau-grünen Emailarbeiten mit Fischschuppenmustern, abwechselnd in Bogen- und Giebelform und in der Größe von vorn nach hinten abnehmend. Auf der hinteren Hälfte des Diadems werden diese Muster nicht fortgeführt, statt ihrer finden wir dort Perlen auf goldenen Nadeln. Die neun Goldkettchen, jeweils mit einem Halbedelstein am Ende versehen, vervollständigen die sogenannte ›Stemma‹-Form des Diadems. Es ist das vollkommenste Beispiel der griechischen ›Stemma‹-Form, das bis heute erhalten geblieben ist. Sie sehen also, was ich meine: Für Ungarn, das Land am Scheideweg von Ost und West, ein Symbol bestehend aus zwei Geschenken von Rom und Konstantinopel. Und nun kehrt es in die Heimat zurück.«

Ein Fotograf der kommunistischen Zeitung *Nepsyabadsog* trat vor und machte eine Aufnahme. Das Blitzlicht schien sich in dem Gold und den Edelsteinen länger zu spiegeln als anderswo im Raum, aber nachdem sich die Augen der Anwesenden wieder angepaßt hatten, hatte Reggel die Krone bereits wieder in die Truhe zurückgelegt.

Nach einer letzten Segnung durch Killane wurde der Deckel zugeklappt und die Vorhängeschlösser vorgelegt. Dann wurde die Sakristeitür geöffnet, damit die Würdenträger sich zu dem Empfang in der ungarischen Mission an der 75. Straße begeben konnten. Während sich das Stimmengewirr entfernte, hörte Roman zu seiner Verwunderung, daß der Bürgermeister schon von einem Skiurlaub in Chile sprach.

Andos hatte sich von seiner Ergriffenheit wieder so weit erholt, daß er in dem Zigeuner seinen Gegenspieler erkannte.

»Ist die Mission darüber informiert?« fragte er Reggel.

»Mr. Greys Referenzen sind mit der größten Sorgfalt überprüft worden.«

Andos gab sich unter dem Eindruck von Reggels finsterem Blick geschlagen.

Leutnant Csonka erschien in der Sakristeitür, um Reggel zu melden, daß die Kirche geräumt sei. Reggel und Roman schoben die Tragstangen durch die Ösen an den Seiten der Truhe. Dann hoben sie sie vom Tisch und trugen sie die Treppe hinauf. Von dem Raum hinter dem Altar führte eine andere Treppe direkt unter das Sanktuarium. Eine zweiflügelige Bronzetür mit der Inschrift REQUIESCAT IN PACE versperrte ihnen den Weg in die Kardinalskrypta. Reggel schloß die Tür auf, und sie trugen die Truhe in eine von Leuchtstoffröhren erhellte niedrige Halle. Am Ende des Raums, direkt unter dem Hochaltar, befand sich eine Gruft von zweieinhalb Meter Tiefe und etwa dreieinhalb Meter Breite. Die längere Wand war in fünfzehn Marmorpaneele zu drei Reihen eingeteilt. Die Paneele der oberen Reihe trugen in vergoldeten Lettern die Namen der hinter ihnen ruhenden Toten. Unter den Namen standen Gebete in lateinischer und englischer Sprache, und vier der Marmortafeln zeigten weitkrempige Kardinalshüte mit ihren prunkvollen Quasten.

Isadore folgte ihnen in die Krypta mit dem samtbedeckten Tisch, und sie stellten die Truhe ab.

Reggel sah sich befriedigt um.

»Die Sakristei wäre völlig unzureichend gewesen. Fenster. Ein ständiges Kommen und Gehen von Priestern. Feuergefahr. Alles wäre möglich gewesen. Aber hier? Kein Mensch außer...« Er deutete mit dem Kopf zu den Marmortafeln an der Wand. »Kein Eingang außer der Treppe und einem Luftloch. Oben der Altar und unten fester Stein. Der vollkommene Tresor.«

»Ja, und ich bin überzeugt, daß dieses Unternehmen meiner bisherigen Tätigkeit die Krone aufsetzen wird«, sagte Isadore. »Nur im Augenblick müssen Sie mich, bitte, entschuldigen.«

Die Klaustrophobie trieb ihn aus dem engen Grabgewölbe die Treppe hinauf. Oben sog er dankbar die frische Luft ein, und sein Blick wanderte unbewußt unter die weit entfernte Decke, wo er eine Friedenstaube in einem Strahlenstern erkannte. Die Eiseskälte aus der Krypta wurde von einem Gefühl plötzlicher Übelkeit verdrängt als er unter der Taube einen roten Blutstropfen erkannte.

»Der Hut meines verstorbenen Vorgängers.« Die im leichten Plauderton gesprochenen Worte Killanes ließen Isadore zusammenfahren. Er hatte den Kardinal nicht zurückkehren sehen. Und wieder schweifte sein Blick zu dem schwebenden roten Punkt hinauf.

»Sie haben gewiß das Bild des Hutes auf der Grabplatte unten gesehen«, fuhr der Kardinal fort. »Von hier unten erkennt man sie nicht, weil sie so weit oben sind, aber da oben befinden sich die Hüte aller Kardinäle. Seiner ist der einzige, der noch rot ist.«

Er las die Frage hinter Isadores Stirn. »Was sie mit mir machen werden, weiß ich nicht. Die zweite Vatikanische Synode befand, die Troddeln und Quasten seien ein bißchen zu extravagant. Wir tragen sie heute nicht mehr. Die jungen Priester tragen nicht einmal mehr einen Kragen. Wir sind also dabei, die alten Verkleidungen durch neue zu ersetzen.«

Die beiden anderen Männer kamen aus der Krypta. Roman überraschte es nicht, Killane zu sehen. Der Kardinal hatte während der ganzen Feierlichkeiten seine Verärgerung nur mühsam verbergen können. Reggel schloß wie selbstverständlich die schwere Bronzetür hinter sich ab.

»Folgen Sie mir bitte«, sagte Killane. Er bekreuzigte sich, übrigens als einziger, und führte die Männer durch den Wandelgang zu einer Nebentür zwischen einer Kapelle und einer Pietà.

Er machte die Tür hinter ihnen zu.

»Dies ist meine Privatsakristei. Ich weiß, Captain, wie begierig Sie waren, sie zu sehen. Ein Foto des Heiligen Vaters, ein Foto von mir und meiner Familie am Tage meiner Priesterweihe, ein Kruzifix, die Hymne des heiligen Patrick vor Tara. Ein paar Stühle, ein Tisch, ein Garderobenschrank.«

Seine kalten Augen streiften über die drei Männer und blieben auf Reggel haften.

»Und nun möchte ich etwas von Ihnen. Als Gegenleistung für die Benutzung der Krypta als Aufbewahrungsort für die Krone hatten Sie mir zugesagt, keine Feuerwaffen in die Kirche zu bringen. Sie tragen aber im Moment eine.«

Der Ungar war überrascht, aber nicht beschämt. »Ich habe sie am Flugplatz getragen und ganz einfach vergessen, sie abzulegen, Eminenz«, sagte er mit einem Achselzucken. Es war das erste Mal, daß Roman ihn diesen Titel benutzen hörte. Das Wort kam mit einem vernehmlichen Zischen über seine Lippen.

»Ihre Leute in der Sakristei – die hatten es wohl auch einfach vergessen?«

»Wie haben Sie es bemerkt?«

Ein Klopfen an der Tür unterbrach sie. Monsignore Burns erkundigte sich durch die geschlossene Tür, ob Killane bereit sei, sich zu dem Empfang zu begeben.

»Einen Moment noch, Monsignore. Sagen Sie dem Organisten, er kann jetzt auf die Bühne gehen, und lassen Sie die Türen öffnen!«

Er wandte seine Aufmerksamkeit wieder den Männern in der Sakristei zu. »Wissen Sie, Captain, ich hatte bei meiner Berufung zum Kardinal gewisse Zweifel. Männer wie der Monsignore haben eben doch recht. Mir mangelt es an Verständnis und Mitgefühl; mein Glaube könnte weniger intellektuell und etwas mehr instinktiv sein. Aber ich erkenne jetzt allmählich den Grund, warum man aus einem zynischen Staatsgehilfen einen Kardinal machte. Weil ich nämlich in Ungarn gewesen bin und andere Offiziere der Geheimpolizei bei ihrer Arbeit gesehen habe, wie sie dasitzen in der letzten Bank und die Namen der Gläubigen notieren oder Priester auf ihre schwarzen Listen setzen. Ich weiß, wer Sie sind und was Sie tun, und ich werde diesen Gestank nicht in dieser Kirche dulden. Wenn ich auf dem Boden meiner Kirche noch einmal eine Jacke sehe, die sich über einer Pistole ausbeult, dann verschwindet die Krone aus der Krypta, und Sie können Ihr Glück anderswo versuchen.«

Der Ungar zuckte mit keiner Wimper, er schätzte nur nüchtern seine Möglichkeiten ab. »Gut, wir werden Ihre Anordnungen befolgen.«

Killane ging zur Tür. »Gott befohlen!« setzte er nachträglich hinzu und ging.

Reggel betastete wehmütig die Halfter unter seinem Arm und kehrte in den Wandelgang zurück. Eine Hand legte sich auf seinen Arm und hielt ihn an. Roman war ihm gefolgt.

»Da ist noch etwas«, sagte Roman. »Ihr Dr. Andos hat einen ausgezeichneten Vortrag gehalten.«

»Und?«

»Ich dachte, er könnte kein Englisch. Das war zumindest einer der Gründe, warum die Wahl auf mich fiel.«

»Nun auch noch Sie!« Reggels Zorn brach durch. »Kommen Sie mir nicht auch noch in die Quere, Zigeuner! Ich habe genug von diesem Heuchler in der Soutane. Von ihm habe ich nichts anderes erwartet, aber daß Sie nun auch noch kommen...«

»Was erwarten Sie denn von mir?«

»Falls irgend etwas passiert, ist es nicht meine Schuld, sondern die der Pfaffen und Verräter, die die Krone hierhergebracht haben.« Der Ungar hatte jetzt die unbewegte Maske, die er bisher zur Schau getragen hatte, fallen gelassen. Er gestikulierte zum Altar und zu der darunterliegenden Krypta. »Ich bin nur dazu da, um die Krone zu schützen. Mit dieser abscheulichen Zurschaustellung habe ich nichts zu tun.« Orgelmusik erfüllte die Kirche, als sich die Tore für das Publikum öffneten. »Da liegt sie nun, unsere Krone, in einem finsteren Grabgewölbe, weil kein Platz in der ganzen Kathedrale sicher genug ist, und um sie herum nichts als opportunistische Feinde und selbstsüchtige Renegaten. Nur ich bin da, um die Heilige Krone zu beschützen, und ich werde es auf jede mir mögliche Weise tun.«

Er entfernte sich durch den wachsenden Strom von Touristen und Gläubigen. Roman blieb noch eine Weile gedankenversunken stehen und begab sich dann ohne Eile in den Vorraum, wo Isadore an einem Ausgang auf ihn wartete.

»Worum ging es?« fragte der Polizist.

»Ich wollte nur herausfinden, wo wir stehen.«

Zwei alte Frauen auf dem Weg in die Kirche drängten Roman zur Seite ab.

»Und wo stehen wir?«

»Wir sind die Sündenböcke oder, wie es in einem alten ungarischen Sprichwort so schön heißt: die Lackierten.«

## 10

Während der Abendmesse war ein Sommergewitter über die Stadt hinweggezogen, und an den Polizeiabsperrungen stand nur noch ein einzelner Mann mit einem Schild, das FREIHEIT FÜR UNGARN forderte.

Reggel und Isadore verlegten die Kabel zu den fotoelektrischen Zellen an der Vorderseite der Chorstühle.

»Sie sollten nicht zu sehr auf diesen Zigeuner hören. Wenn man sie besser kennt, weiß man, daß man nie die Wahrheit von ihnen erwarten darf.«

»Oh, es gibt Schlimmeres«, gab Isadore zurück.

»Er kann nun mal nicht aus seiner Haut heraus.«

Isadore steckte den dreistiftigen Stecker in die Schalttafel hinter dem Altar. Acht trübe Lichter glühten rings um den Chorraum auf. Csonka trat zwischen zwei gegenüberliegende Lichter, und ein Horn gellte durch die Lautsprecher über der Kanzel. Isadore zog den Stecker heraus.

»Die Leute werden durch den Wandelgang herankommen«, sagte Reggel. »Es ist unwahrscheinlich, daß wir einen übersehen, aber falls jemand ein Ablenkungsmanöver inszenieren sollte, wird uns diese Anlage auf jeden Fall warnen.«

Dann wurden die anderen Fotozellen getestet. Nur zwei von ihnen mußten nachgerichtet werden.

»Was meinen Sie damit: Er kann nicht aus seiner Haut heraus?«

Reggel rollte das Kabel auf, während Csonka die Fotozellen festerverklebte. »Ich weiß, daß Sie so was wie ein Experte sind, Sergeant, aber wie gut kennen Sie die Zigeuner wirklich?«

»Wie gut kann man sie überhaupt kennen?«

»Wir kennen sie«, gab Reggel bedeutungsschwer zu verstehen. »Wir wissen von Dingen, die ein Kardinal nicht in seiner Kirche hören möchte.«

Csonka zeigte zu der Hochempore auf der Nordseite des Mittelschiffs hinauf. An zwei Fahnenstangen hingen dort eine amerikanische Flagge und eine mit der Mitra und den Schlüsseln des Vatikans. Eine dritte mit den Nationalfarben von Ungarn wurde daneben von Reggels Leuten aufgezogen. Isadore stellte mit Genugtuung fest, daß die Fahnen von der Fensterrosette ausgestochen wurden; die Scheinwerfer von draußen ließen das Buntglas wie ein Kaleidoskop aufleuchten.

»Sie sind hoffentlich nicht zimperlich, Sergeant?«

»Nicht übermäßig.«

»Wir werden ja sehen. Haben Sie schon mal von Siebenbürgen gehört?«

»Das will ich meinen.« Isadore fühlte sich in seiner Expertenehre gekränkt. »Das ist eine Gebirgskette in Deutschland.«

»Nein, das stimmt nicht. Die meisten hier bei Ihnen kennen dieses Hochland in der Volksrepublik Rumänien besser unter dem Namen Transsilvanien. Es ist die Heimat eines Zigeunerstammes, der sich Netotsi nennt. – Sagen Sie, was halten Sie von Kannibalismus? Eine interessante Sitte, finden Sie nicht?«

Ein heller Suchscheinwerfer richtete sich von der Empore auf den Raum hinter dem Altar.

»Möglicherweise gab es einen Grund dafür.«

»Aber nennen Sie mir einen Grund, warum Zigeuner verdorbenes Fleisch bevorzugen und es lieber essen als frisches. Wußten Sie, daß wir in Ungarn die Tierkadaver, die wir in die Aasgruben werfen, mit Karbolsäure übergießen müssen, damit die Zigeuner sie nicht ausbuddeln? Oder daß ein Zigeuner, wenn er sich schon die Mühe macht, ein Huhn zu kaufen und nicht zu stehlen, den Bauern bittet, es drei Tage lang in der Sonne verwesen zu lassen?«

Isadore fühlte ein Kribbeln auf seinem Rücken. Was er da hörte, war ihm auch schon über einen anderen Stamm zu Ohren gekommen.

»Hören Sie nicht auf ihn! Ein Zigeuner wird mit einer Lüge im Mund geboren. Und dieser ist keine Ausnahme. Außerdem sind wir hier sowieso fertig«, schloß Reggel. »Jetzt wird gefeiert.«

Isadore ging als erster. Der einsame Demonstrant auf der anderen Seite der 5. Straße bemerkte ihn sofort. Ein grauer Minibus mit Diplomaten-Kennzeichen fuhr an einem Ausgang des Querschiffs vor. Ein Trupp ungarischer Geheimpolizisten verschwand in der Kirche, und kurz danach kamen Reggel und vier andere Männer heraus. Im Licht der Scheinwerfer, die die Kirche anstrahlten, erkannte Odrich ihn sehr deutlich.

Reggel war ein bißchen größer und viel schwerer, breiter als der schlanke Athlet, den Odrich in Erinnerung hatte. Das Haar, in starkem Kontrast zu dem fast asiatischen Gesicht, war immer noch strohblond. Der jugendliche Elan und Übermut war einer befehlsgewohnten Gestik und physischer Kraft gewichen, aber immerhin gehörte der Jüngling, an den

Odrich sich erinnerte, zu einem Krieg, der dreißig Jahre zurücklag. Die Ungarn hatten zweifellos den richtigen Mann gewählt.

Die Türen des Minibusses schlugen zu, und das Fahrzeug entfernte sich in Richtung Madison Avenue.

Fünf Ungarn im Innern der Kirche, siebzehn Posten in Uniform und in Zivil draußen und dazu noch die Beobachtungsfahrzeuge. Daß Reggel beschlossen hatte, ohne die Nachtschicht des Kirchenpersonals auszukommen, wußte Odrich bereits.

Odrich versteckte sein Demonstrationsplakat und den Regenmantel in einer Nebengasse und entfernte sich auf der Fifth Avenue in Richtung Norden. Er begegnete Killane, der vom ungarischen Empfang zurückkehrte und ihn nicht bemerkte, da seine Aufmerksamkeit den Schaufenstern der Kunstgalerien galt. Für Odrich waren die Kunstgalerien eine Chronik des Kunstzerfalls seit der Verdrängung der Ölfarben durch Temperafarben, ein technologischer Durchbruch, der die Impressionisten befreit, aber alle anderen zu einer Zukunft mit Sprühdose und Plastik verurteilt hatte. War es da ein Wunder, daß New York zum neuen Mittelpunkt der Kunstwelt geworden war? Irgend jemand hatte einmal gesagt, das beste Beispiel funktionsgerechter Form sei der Aschenbecher. Was mochten Familien, die ihre Brathähnchen von Papptellern zu essen pflegten, empfinden, wenn sie an Schrottplätzen mit Stapeln rostender Calder-Mobiles vorbeifuhren?

An der 75. Straße bog Odrich von der Fifth Avenue ab und ging weiter auf die Madison Avenue zu. An der Ecke befand sich das Whitney Museum. Der VW-Bus parkte vor dem leicht baufällig wirkenden Gebäude, das die Ungarn für ihre Mission angemietet hatten. Unüberhörbar drang der Lärm der Feiernden nach draußen.

Am Whitney Museum blieb Odrich neben einem parkenden Lincoln-Kabriolett stehen. Am Steuer des Wagens saß Karl, neben ihm ein anderer der Männer aus dem ›Commodore Hotel‹.

»Wenn er die Straße überquert, überfährst du ihn!« sagte Odrich, während er die eigenwillige Architektur des Museums studierte. »Dann werft ihr die Farbbeutel auf das Missionsgebäude. Mir ist es völlig egal, wie politisch die Sache aussieht, wenn nur Reggel dabei draufgeht. Ihr werdet sehen, das ist die einzige Art von Politik, die verstanden wird.«

Die Second Avenue im Stadtteil Yorkville, zwischen der 77. und der 88. Straße, ist eine geradlinig verlaufende Miniaturausgabe von Mitteleuropa, vom tschechoslowakischen Restaurant bis zum deutschen Hofbräuhaus, vom Gulasch bis zu Kartoffelpfannkuchen. Roman und Dany hielten vor einem ungarischen Lokal, das auf einem Schild mit Zechinen und schwarzem Samt ›Echte Zigeunergeiger‹ anpries.

»Ich dachte, du haßt diese Lokale«, bemerkte Dany im Hineingehen.

»Normalerweise ja.«

Ein abgezehrter Oberkellner im stocksteifen Smoking führte sie zu einem der vorderen Tische, aber Roman entschied sich für einen weiter hinten, und sie steuerten darauf zu, vorbei an einem vergilbten Wandgemälde von Budapest und der Donau. Der Tisch war, wie die gesamte Holzverkleidung und die Bar, giftgrün lackiert. Dany spürte die Blicke der anderen Gäste, während sie sich setzte und die Speisekarte gereicht bekam.

»Du verstehst doch nicht etwa auch Ungarisch?« fragte Roman, dem ihre Reaktion auf die Gäste nicht entgangen war. Es waren in der Mehrzahl Männer in dunklen Anzügen, mit hochgeknöpften Hemden ohne Krawatte.

»Gott sei Dank nicht! Jetzt weiß ich, warum wir nie hierherkommen. Aber warum wollte er, daß wir vorne Platz nehmen?«

»Das ist eine lange Geschichte. Unser Ober wartet schon ungeduldig. Möchtest du etwas trinken?«

Sie bestellten Apéritifs.

»Er erinnert mich an jemanden. Was für ein Landsmann war Béla Lugosi?«

»Bitte, komm jetzt nicht du auch noch mit Vorurteilen. Er war Ungar. Was sonst?«

Der Ober brachte statt der bestellten Apéritifs eine Flasche Wein. Er sprach ungarisch mit Roman und schenkte ein wenig Wein in sein Glas. Roman kostete und nickte. Ein Mann am Nachbartisch hob sein Glas und trank dem Zigeuner zu. Dany fühlte, wie sich die Spannung lockerte.

»Habe ich irgendwas nicht mitbekommen?« fragte sie, als der Ober mit einem schon etwas menschlicheren Lächeln gegangen war.

»Er fragte, ob ich nicht lieber einen ungarischen Wein möchte, und darauf sagte ich, daß der Wein, den er uns gebracht hat, so süß und mild sei wie die Gegend, aus der er stamme. In Badacsony spricht man mit einem leichten Näseln. Das muß seinem Freund am Nachbartisch ungemein gefallen haben. Mit anderen Worten: Ich habe mir ihr Wohlwollen erschlichen.«

»Ich habe nichts gehört.«

»Das macht das ungarische Näseln.«

Dany probierte ihrerseits den Wein. Er war weiß und sehr süß. Dann sah sie sich wieder um. Roman hatte den gewünschten Effekt erzielt; hatte die Atmosphäre vorher unheimlich und drohend auf sie gewirkt, so empfand sie jetzt eine fremdartige Behaglichkeit. Der Restaurantbesitzer und der Oberkellner machten von der Bar her eine Verbeugung.

»Sie sind gar nicht so übel.« Ihr Blick fiel auf die Speisekarte. »Ich sterbe vor Hunger.

»Endlich einmal ein hübscher Gedankensprung.«

Als Roman das Essen bestellen wollte, beharrte der Ober dogmatisch auf seinem eigenen Vorschlag. Für Danys Ohren klang es nach einem Dinner mit vier Gängen, und als Roman einwilligte, zog der Ober mit der Miene persönlicher Genugtuung davon.

»Du hast recht, das Näseln ist unüberhörbar«, sagte sie.

»Und je mehr man trinkt, desto stärker wird's.«

Ein Mann mit der Figur und der Farbe einer Avocado kam durch die Küchentür herein. Er hatte einen dünnen Schnurrbart unter der Nase, trug eine bestickte Filzweste, eine rote Seidenschärpe um den Bauch und eine Geige in der Hand. Kaum daß er Roman erblickt hatte, verschwand er wieder in der Küche und kehrte ohne sein Instrument zurück.

»Romano, was tust denn du hier?« fragte er, nachdem er an ihrem Tisch Platz genommen hatte. Aus der Nähe betrachtet, fand Dany, wirkte der Musiker schon weit weniger lächerlich, seine intelligenten Augen fuhren blitzschnell hin und her. Er fühlte sich sichtlich nicht wohl in seiner Haut. Roman rief nach einem dritten Glas. »Romano, du willst mich in diesem Aufzug doch nicht zum Narren machen?!«

»Tomo ist ein großer Musiker«, sagte Roman auf englisch zu Dany. Und sie verstand; sie durfte vor dem verlegenen Zigeuner nicht zeigen, daß sie sich in der Romani-Sprache auskannte. Roman wußte, daß sie der Unterhaltung folgen konnte.

Tomo Tomeshti quälte seinem runden Gesicht ein höfliches Lächeln ab. Er hatte natürlich von Romans *gaji* gehört. Im Augenblick jedoch war er so wütend wie ein Mann, den man im kurzen Tutu beim Spitzentanz ertappt hatte.

»Das Problem bei großen Musikern wie Tomo ist, daß sie es nicht gern haben, wenn Freunde zuhören, wenn sie ›Tafelmusik‹ machen. Wenn Tomo hier spielen würde, wie er könnte, würde kein Mensch mehr essen, und er wäre seinen Job los. Er möchte, daß du das verstehst.«

»Was ich sagen will, ist, daß ich mir in dieser Aufmachung wie ein Idiot vorkomme. Warum bist du hier?« wiederholte Tomo seine Frage in Romani.

»Wegen eines Pferdes«, antwortete Roman in derselben Sprache.

Tomo zog die Stirn in Falten und nahm einen Schluck Wein. »Dein Bruder ist doch noch auf dem Rennplatz in Belmont?«

»Ja«, sagte Tomo.

»Ich brauche ein sanftes Pferd, das noch gut ein paar Jährchen gehen kann. Natürlich habe ich da sofort an die Tomeshtis gedacht. Heutzutage kann man nicht mehr jedem trauen.«

»Stimmt.« Tomos Zorn verflog. Ein Pferd – das war doch was ganz anders. Tomo mußte diese Zigeunerverkleidung anlegen und in Restaurants aufspielen, um auf dem Rennplatz wetten zu können. Unglücklicherweise waren seine Fachkenntnisse größer als sein Glück. Er bat um eine Zigarette. »Ich bin froh, daß du nur deswegen hergekommen bist. Andernfalls, Romano…«

»Aber natürlich«, wehrte Roman ab.

An den Nachbartischen wurden die Gespräche weitergeführt, aber mit einem halben Ohr war man doch bei den beiden Zigeunern. Tomos Mahagonigesicht erstrahlte bei dem erhebenden Gedanken an Pferde.

»Du weißt, daß Vollblüter nicht eben billig sind.«

»Nichts da, Tomo«, stellte Roman richtig. »Ein sanftes Pferd. Keines von diesen verrückten Vollblütern. Sanft und gutmütig und gutgebaut, ein Pferd, worauf ein kleiner Junge reiten und stolz sein kann.«

»Ein Junge? Romano, wir haben als Jungen Zuchthengste geritten, und ganz ohne Sattel. Was für ein Junge?«

»Ein *chal*, der noch nie auf einem Pferd gesessen hat.«

Tomo zog eine Grimasse. Nun ja, in New York war so was möglich. Er zwang seine Fantasie auf eine niedere Ebene hinab. »Ich denke, das läßt sich machen. Mein Bruder versteht sich großartig auf diese Dinge. Aber trotzdem, billig wird's nicht sein. Transport, Futterkosten – eines kommt zum andern.«

»Selbstverständlich. Ich überlasse das alles dir. Und wenn es soweit ist, gib mir Bescheid! Nur damit nicht irgend so ein Gauner versucht, deinen guten Ruf zu ruinieren, indem er einen alten Klepper mit einem Ingwerzäpfchen munter macht.«

»Versteht sich. Und ich werde einen Bankier mitbringen, der sich dein Geld genau ansieht.«

Als sie handelseinig waren, tranken sie auf das Geschäft. Dany hatte nur soviel verstanden, daß sie mit beredter Derbheit verhandelt hatten.

Das Essen kam. Statt des von Dany erwarteten viergängigen Dinners war es ein einziges Gericht, vom Chef selbst zubereitet: *ciganypecsenye hideg koritessel* – Schweinebraten mit Salat nach Zigeunerart. Tomo verschwand in der Küche und kam mit einem dramatischen Akkord auf seiner Violine wieder herein.

Ein grauer Minibus hielt neben einem Hydranten vor dem Restaurant. Der Fahrer stieg aus und half Dr. Andos aus dem Fond, während andere Männer auf der Straßenseite ausstiegen. Reggel parkte, allein in einem alten Chrysler, direkt dahinter.

Einen Block weiter, zwischen zwei Straßenlaternen, parkte ein drittes Auto.

Der Oberkellner legte mit geübtem Schwung ein neues Tischtuch auf und brachte das Gedeck für die neu eingetroffene Gesellschaft. Die Ungarn tranken einander zu. Andos war kaum fähig, den Kopf aufrecht zu halten. Tomo klemmte seine Geige fester unters Kinn und spielte lauter. Reggel stampfte mit dem Fuß und schlug mit der Zigarette in der Hand den Takt. Roman und Dany waren fast fertig, und Roman verlangte die Rechnung. Aber der Ober beugte sich über den Tisch der Ungarn und zeigte nach hinten.

*»Ciganyi!«*

Reggel stand auf und machte eine einladende Handbewegung. Als Roman kopfschüttelnd ablehnte, bahnte sich Reggel einen Weg zwischen den Tischen und kam auf Roman und Dany zu.

»Wenn der Zigeuner nicht zum Magyaren kommt, dann kommt der Magyar zum Zigeuner.« Er setzte sich zu ihnen und stellte die mitgebrachte Flasche auf den Tisch.

Roman erwiderte Reggels Lächeln, und Dany verstand

den Wink. Einen Moment lang glaubte sie, Reggel würde irgendeine unfeine Bemerkung über ihr Zusammensein mit Roman machen, aber dann füllte er ihre Gläser aus seiner Flasche.

»Dies ist Tokaji Essencia. 500 Dollar die Flasche. Ein Wein, der so süß und reif ist, daß er nicht gekeltert werden muß, er strömt von selbst aus der Traube. So wie Anmut und Schönheit aus Ihnen«, sagte er mit aufrichtigem Lächeln zu Dany. »Ich wußte, daß unser Experte einen ausgezeichneten Geschmack haben würde.«

Reggels Wangen waren vom Trinken gerötet, und seine Bewegungen hatten etwas Marionettenhaftes. Der Essencia war sehr süß. Dany war schockiert: Sie konnte von Romans Augen ablesen, daß Reggel nicht übertrieben hatte, was den Preis betraf. Der Ungar schenkte ihr erneut ein.

»Sehr gut«, sagte sie.

»Sie werden sich daran gewöhnen«, versprach er.

»Der Empfang ist vorüber?« fragte Roman.

»Zu Ende. Sämtliche Schwächlinge sind außer Gefecht, und wir sind hier, um weiterzumachen. Dies ist eine Nacht, in der kein Ungar schlafen sollte.«

»Haben Sie keine Angst, hierherzukommen?« wollte Dany wissen.

»Weil wir Kommunisten sind?« Reggel grinste. »Wir sind Ungarn. Kein echter Ungar kann es uns vorwerfen, wenn wir die Heilige Krone zurückholen wollen. Außerdem, was könnte vollkommener sein, als diesen herrlichen Abend in Gesellschaft meines Zigeuners und seiner Herzdame zu verbringen. Heute nacht soll aller Groll begraben sein!«

Aus Reggel sprach eine animalische Energie. Was Dany jedoch noch mehr faszinierte, war sein Verhältnis zu Roman. All seine Bemühungen waren darauf ausgerichtet, Romans Freundschaft zu gewinnen, nicht so sehr die ihre. Selbst seine Beleidigungen waren von einer verwegenen Liebenswürdigkeit. Als einer seiner Freunde ihn bat, an den großen Tisch zurückzukommen, schickte er ihn mit einem scharfen Wort fort.

»Wissen Sie, der Zigeuner und ich haben eine lange, lange Vergangenheit«, sagte er mit hochgezogenen Brauen zu Dany. Tomo hielt die Augen geschlossen, aber er bewegte sich zwischen den Tischen, ohne einen Stuhl zu streifen. Sein übliches Restaurantrepertoire hatte er längst aufgegeben, und die Gäste ließen Messer und Gabel unberührt neben den Tellern liegen und lauschten. Der Bogen glitt langsam über die Baßsaite.

»Von den Netotsi habe ich nie gehört«, sagte Dany.

Reggel beugte sich weit über den Tisch, warf Roman einen schrägen Seitenblick zu. »Schade. Aber vielleicht sollte man sie wirklich besser vergessen.«

»Wenn es sie aber doch interessiert«, sagte Roman. »Ich halte es für sehr wissenswert, daß man Zigeuner dreihundert Jahre lang als Sklaven halten konnte. Die Sklaven, denen die Flucht gelang, nannte man Netotsi. Einige von ihnen wurden von den Soldaten wieder eingefangen und so lange gefoltert, bis sie alles gestanden, was man von ihnen verlangte. Den ungarischen Bischöfen muß das sehr gelegen gekommen sein, denn auf diese Weise galt ihre Zustimmung nicht dem Hinmetzeln von Familien, die um ihr Leben rannten, sondern der Ausrottung von Kannibalen.«

Die Gegenwart eines anderen Zigeuners beflügelte Tomo. Vor seinen geschlossenen Augen trabten Vollblüter im mäßigen Tempo dahin. Gott hatte den Zigeunern alles zu essen erlaubt außer dem Fleisch eines Pferdes. Reichtum bestand nur in Gold und Pferden. Er entlockte seiner sechssaitigen Violine den Klagegesang des *Khassiyem:* »Ich bin verloren, Vater, Bruder. Mein Lieblingspferd ist mir entlaufen. Ja, ich habe die ganze Nacht nicht geschlafen, so liebte ich es.«

»Aber Sie sind anders als alle *ciganyi*. Ein Zigeuner, der mit Kunstgegenständen handelt, der Kardinäle und reizende Frauen zu beeindrucken weiß... Auch mich beeindrucken Sie, und ich bitte, das als Kompliment zu verstehen.«

»Es gab einmal eine Königin, die die Krone des heiligen Stephan getragen hat«, erzählte Roman. »Auch sie liebte die

Zigeuner. Und um ihre Liebe zu beweisen, versuchte sie, sie zu Ungarn zu machen. Sie ließ ihnen ihre Pferde und Wagen wegnehmen, damit sie nicht mehr umherwandern konnten, und sie verbot ihre Sprache, damit sie nicht mehr konspirieren könnten, ohne verstanden zu werden. Ihre größte Tat war jedoch, daß sie ihnen alle Kinder fortnahm, um sie dem Einfluß der Eltern zu entziehen. Man stellte eine große Karawane von Kindern und Kleinkindern zusammen. Die Zigeuner klammerten sich an die Räder der Karren und kamen unter den Augen ihrer Kinder zu Tode. Der Plan dieser tugendhaften Königin schlug fehl. Aus den Kindern wurden Zigeuner, und man befand, daß sie eben geborene Verbrecher seien und kein Mensch ihnen helfen könne. Aber allein der Versuch der Königin versetzte sie in den Stand einer Heiligen.«

Tomo zupfte seine Violine wie eine Gitarre. Der Restaurantbesitzer stand wie angewurzelt, als der Zigeuner zu singen begann, wie er ihn noch nie zuvor hatte singen hören. »Sieh, ich habe zwei Blätter vom Himmelsbaum gepflückt! Das eine sagt: ›Du bist arm.‹ Das andere: ›Du bist frei.‹«

»Es gibt ein Sprichwort in Ungarn«, sagte Reggel zu Dany, während er von neuem nachschenkte. »›Gib einem Magyaren ein Glas Wasser und einen Zigeuner, und er wird betrunken.‹ Wir haben sogar ein eigenes Wort dafür: *mulatni.* Es bedeutet: sich mit einem Zigeuner amüsieren. Sie werden wissen, was das heißt.«

Tomo ließ die Violine sinken. Die Männer an den Tischen reichten wortlos Zigaretten herum. Das allgemeine Schweigen veranlaßte den Zigeuner zum Weiterspielen.

Der erste Teil einer Rhapsodie baut auf der ungarischen Liebe zur Melancholie auf, zur endlos wiederholten Tragödie. Es ist ein *lassu,* eine Erinnerung an Vergangenes, Verlorenes; die Noten enden so abrupt, daß Pausen zu Echos werden. Tomos Stimme wurde rauh von einer Bitterkeit, die improvisiert, aber echt war. »Die Tage sind kürzer, die

Nächte länger. Warum muß ich zittern? Warum sagt man, die Zigeuner haben sich geändert? Ich weiß es nicht.«

»Sehen Sie mal!« flüsterte Reggel Dany zu.

Romans Hände trommelten laut auf den Tisch, und er feuerte Tomo mit seinen Rufen an. Der Bogen tanzte und riß an den Saiten. Tomo war jetzt der Zigeunergeiger Reményi, der die ungarischen Truppen während der Befreiungskriege in die Schlacht führte. Reggel und die anderen fielen in den *friss* ein, sangen und schlugen auf die Tische, Weinflaschen erklangen im 4/8-Takt, die Gesichter der Männer hochrot vor Ergriffenheit. Tomo näherte sich Romans Tisch. Reggels Mund entrangen sich Worte, die Dany nicht verstand. Roman sang dieselben Worte, aber sein und Tomos Gesicht ließen einen feinen Unterschied erkennen, einen leichten Zug von Spott und Ironie, und ihre sanfteren Stimmen ließen den Gesang nur um so unwirklicher erscheinen.

Dann begann der dritte Teil der Rhapsodie, der *csárdás*. Dany hätte nie geglaubt, daß auch jetzt noch unverbrauchte Energie vorhanden sein könnte, aber der Kriegsgesang war ein nur schwacher Prolog dessen, was jetzt in der plötzlichen Explosion des Csárdás losbrach. Dies war das Finale, die totale Verausgabung allen Gefühls, die Hymne der magyarischen Angreifer, von Zigeunersklaven zu wilder Begeisterung angepeitscht. Der Gesang hatte weder Anfang noch Ende, und auch eine Entwicklungslinie fehlte. Er dauerte so lange, wie Tomos Bogen sich bewegte und noch eine Stimme da war, die ihn begleitete.

Am Ende waren es nur noch Roman und Reggel, dann Roman allein, und die Worte sprangen ohne Übergang von Ungarisch zu Romani, so daß Dany die letzte Strophe eines alten Lovari-Liedes erkannte:

»Wenn eine tote Schwalbe fliegt und uns über den Fluß begleitet, oh, dann werden wir das Unrecht vergessen, das man uns angetan. Aber bis dahin, oh, niemals. Bruder, dessen sei gewiß!«

Es gab keinen Beifall, ebensowenig wie man dem Akt des

Sterbens oder der Liebe applaudieren würde. Die benommenen Gäste stopften Geld in Tomos Weste und verließen stolpernd das Lokal. Tomo, um etliche Pfund leichter, sank schweißgebadet auf einen Stuhl. Dany stellte mit Erstaunen fest, daß seit Beginn der Rhapsodie eine Stunde vergangen war. Während dieser Zeit war nicht ein einziges Essen oder Getränk bestellt worden. Reggels Gesellschaft wartete an der Tür auf ihn.

Allein Roman hatte Erbarmen mit dem Besitzer und bestellte ein zweites Menü.

»Aber Sie haben doch bereits gegessen«, sagte der Ober.

»Dies ist für die Musik.«

Die Männer im Kabrio sahen, wie Reggel Dr. Andos in den Kleinbus half und mit ihm schimpfte wie ein Vater mit seinem ungezogenen Jungen. Er sprach laut mit dem Busfahrer, aber seine Worte gingen im Verkehrslärm unter.

Der Bus fuhr ab, und Reggel stand allein unter dem Schutzdach vor dem Restaurant. Das Kabrio rollte langsam an, als plötzlich ein Pärchen aus dem Restaurant kam. Das Mädchen war eine typische Amerikanerin. Der Mann war ein Neger, so dachten sie zunächst, oder Spanier.

»Es ist der Antiquitätenhändler.«

»Der Zigeuner? Mit der?« Der andere Mann beugte sich vor. »Wir warten, bis die beiden gegangen sind.«

Aber Reggel trennte sich nicht von den beiden. Alle drei stiegen in den alten Chrysler.

»Ihre Zukunft?« Roman konnte sich ein amüsiertes Lächeln nicht versagen. »Sie möchten die Zukunft geweissagt haben?«

»Die Gelegenheit ist günstig. Ich bin voll des *csárdás* und des *mulatni.* Der beste Zeitpunkt, sich das Schicksal von einem Zigeuner deuten zu lassen.«

»Aber nicht von mir.«

»Nein, von Ihnen auf keinen Fall. Ich habe gehört, was Sie da am Schluß gesungen haben. Sie sind mir zu gefährlich.«

»Von wem dann?« fragte Dany.

»Sehen Sie sich um!« Reggel machte eine weitausholende Geste. »Ich bin jetzt sechs Jahre in dieser Stadt. Seitdem gibt es überall Zigeunerinnen, in jeder Straße eine Wahrsagerin.« Er legte den Finger unter sein Auge. »Ein Zeichen für wirtschaftlichen Niedergang.« Er klopfte Roman lachend auf die Schulter. »Hab' ich recht oder nicht? Sage mir, wieviel Wahrsagerinnen ein Land hat, und ich sage dir, wie es um seine Wirtschaft steht.«

Er ließ den Motor an und fuhr ab.

»Was wollen Sie denn wissen?« fragte Roman.

»Sie machen sich über mich lustig, Zigeuner.«

»Ja, das tu' ich. Und ich habe ein Recht dazu, Magyar. Ich frage noch mal: Was wollen Sie wissen?«

Reggel tippte sich gegen die Brust. »Ich will die Wahrheit wissen. Und ein Zigeuner wird mich zu ihr führen.«

»Sie haben zuviel Wein getrunken.«

»Zuviel Wein und zuviel Zigeuner. Sie werden mir Glück bringen, Romano Gry. Wußten Sie das? Mir und der Heiligen Krone.«

»Wieder falsch. Ich will nichts mit der Krone zu tun haben. Wenn diese Woche vorbei ist, werde ich fortgehen und Sie und die Krone vergessen.«

»Gut, dann können Sie von mir aus gehen. Aber jetzt führen Sie mich zu meinem Schicksal!«

## 11

Vera Pulneshti betrieb ihre Wahrsagerei zur Zeit in einer *ofisa* an der Canal Street, da, wo sie die Trennungslinie zwischen Chinatown und Little Italy bildet. Vera kam in einer Drachenrobe und mit einer Pizza in der Hand an die Tür.

»Romano, was willst denn du hier? Es ist zwei Uhr! Und ich muß morgen früh zu vier verschiedenen Fürsorgeämtern.«

Ihr ›Teezimmer‹ war dekoriert mit dem üblichen symbolischen Klimbim und Amuletten gegen den bösen Blick. In einem Hinterzimmer, vor einem Farbfernsehgerät, sah Dany Kinder, die gleichzeitig den nicht eben leisen Klängen eines Radios und eines Plattenspielers zu lauschen schienen.

»Es ist wichtig, daß ihm noch heute abend seine Zukunft geweissagt wird«, erklärte Roman.

»Irgendwann muß ich ja auch diese Kinder ins Bett bringen, Romano. Will dein Freund etwa morgen früh heiraten, oder warum hat er's so eilig?«

»Das müßten eigentlich Sie mir sagen können, nicht wahr?« erwiderte Reggel.

Vera durchbohrte ihn mit einem schwarzen Blick. Sie legte die Pizza aus der Hand, wischte sich Mund und Hände ab und zog eine Nadel aus ihrem Haarknoten, so daß die schwarze Pracht ihr über Schultern und Rücken herabfiel. Die chinesische Robe verwandelte sich von einem Hausmantel in ein königliches Gewand. Sie ließ die Rolltür eines Schreibsekretärs hochschnellen und gab den Blick auf die Fächer mit den Utensilien ihres Gewerbes frei.

»Tarock, Zigeunertarock, I Ching, Mikadostäbchen, Handlinien, Himmelskarte, Teeblätter. Ganz wie Sie wünschen!«

»Ich habe meine eigenen Karten mitgebracht«, sagte Reggel. Vera nickte mit dem Hochmut einer Königin, die man beschuldigt, in einem öffentlichen Lokal auf den Boden gespuckt zu haben. Mit geübten Fingern wählte sie die Asse und Bilder aus Reggels Kartenspiel und gab ihm den Rest zurück. Sie mischte die Karten im Stehen, ohne den Blick auch nur für eine Sekunde von seinen Augen zu wenden.

»Nehmen Sie vier und legen Sie sie in einer Reihe auf den Tisch!« Reggel tat, wie ihm befohlen. »Drehen Sie die Karte links außen um!«

Es war das Pikas, auf dem Kopf stehend.

»Ein gewaltsames Ende«, rezitierte Vera fast feierlich, um dann nüchterner hinzuzufügen: »Die anderen Karten sind nebensächlich.«

Reggel schüttelte enttäuscht den Kopf. »Ein bißchen mehr hatte ich mir schon erhofft. Was schulde ich Ihnen dafür?«

Vera sah ihn über ihre Hakennase hinweg an. Die Nasenflügel bebten. »Nichts.«

Reggel steckte achselzuckend seine Brieftasche ein. Roman und Dany warteten an der Tür. Vera griff wieder zu ihrer Pizza.

»Andererseits...«, begann sie wie beiläufig.

»...könnte ich eines Ihrer Amulette kaufen«, beendete Reggel ihren Satz in Romani.

Veras finsterer Blick sprang von Reggel zu Roman.

»Wer ist dieser Mann? Romano, ich muß mit dir sprechen!«

»Nicht jetzt, Vera.«

Sie näherte sich pizzaschwingend der Tür.

»Ihr wollt, daß ich euch die Karten lege? Ich werde euch zeigen, wie man die Karten legt!«

Roman zog Dany und Reggel nach draußen. Am Fuß der Treppe angekommen, warfen sie einen Blick zurück nach oben. Außerdem beugten sich fünf Kinder unterschiedlichen Alters über das Geländer, und alle schleuderten ihnen wüste Beschimpfungen nach, manche sogar Speisereste.

»Ich glaube, Sie waren ihr sympathisch«, sagte Roman zu Reggel, als allen dreien die Flucht auf die Straße gelungen war.

Die Canal Street war jetzt noch weniger befahren als vorher, und die meisten Fahrzeuge fuhren in Richtung Manhattan Bridge. Hier und da leuchtete auf der chinesischen Seite der Straße noch eine Neonreklame pastellfarbene Schriftzeichen vor dem dunkelblauen Nachthimmel.

»Es ist schon spät«, stellte Reggel bedauernd fest.

»Kommen Sie!« sagte Roman. »Wir dürfen die Frühmesse nicht versäumen.«

Auf der Heimfahrt schlief Dany an Romans Schulter, während Reggel vorn allein hinter dem Lenkrad saß. Der schwache Verkehr erlaubte die sechzig Meilen. Roman beobachtete zufrieden die gelegentlichen Lichter der Schleppkähne auf dem East River.

»Sie schläft wohl schon«, sagte Reggel über die Schulter.

Roman suchte Reggels Augen im Rückspiegel. »Eigentlich schade«, sagte er, »daß Sie nichts von ihr gewußt haben. Dann hätten Sie sich die Bedrohung meiner Stammesgenossen in Ungarn ersparen können.«

Reggel bog in die Auffahrt zum East River Drive ein, ohne ein Wort zu sagen. Das Fenster war zwei Fingerbreit geöffnet, und der Fahrtwind zerrte an seinen Haaren. Das Fleisch, das sich mit dem Alter in seinem Gesicht angesetzt hatte, vermochte die groben Wangenknochen nicht zu glätten. Falls Vera sein Selbstvertrauen erschüttert hatte, so zeigte er es nicht. Reggel hätte ebensogut am Donauufer entlangfahren können.

»Unterschätzen Sie mich nicht!« antwortete er schließlich.

Zur Rechten ließen sie die Manhattan Bridge hinter sich, und vor ihnen in der Ferne tauchte die Williamsburg Bridge auf. Die meisten Autos ordneten sich nach rechts in die Ausfahrtspur ein. Reggel beschleunigte den Chrysler auf der leeren Fahrbahn. Das einzige andere Auto, das bei ihnen geblieben war, ein Kabriolett, tat desgleichen.

Das Kabrio entschwand aus Reggels Innenspiegel und kroch im Außenspiegel langsam heran, um zu überholen. Reggel zog den Wagen leicht nach rechts, um dem anderen Fahrzeug Platz zu machen. Sie näherten sich der Ausfahrt an der 23. Straße, wo die Uferstraße leicht nach rechts hin, zum Midtown Tunnel, abbog. Reggel wandte den Kopf zu dem Kabrio, das jetzt genau neben ihnen fuhr. Von den zwei Insassen hatte der Mann auf dem Beifahrersitz den Blick Reggel zugewandt.

Das Kabrio glitt langsam vorwärts, bis die Türen sich auf gleicher Höhe mit der Stoßstange des Chrysler befanden.

Reggel wartete, bis der andere Wagen dichter herankam, ohne zu überholen. Dann zog er seine Pistole.

»Runter auf den Boden!« schrie er Roman und Dany zu.

Der Mann auf dem Beifahrersitz drehte sich nun ganz herum, in den Händen etwas, das wie ein rotes Plastikkissen aussah. Er rief seinem Fahrer etwas zu und ließ das Kissen los. Es flog nicht im Wind davon, wie man es von einem Kissen hätte erwarten können, sondern drehte sich schwer und gewichtig in der Luft, blähte sich zu einer knallroten Masse und senkte sich vor die Windschutzscheibe des Chrysler. Dort platzte es in einem Strahlengewirr von roter Farbe, die sich über Front- und Seitenscheiben der Limousine ergoß und vom Wind über alle Glasflächen verteilt wurde.

Der Chrysler befand sich auf der Mittelspur, als der Beutel platzte. Zwei Sekunden vergingen, bis Reggel den Fensterhebel gefunden, die Scheiben ganz heruntergedreht und Kopf und Schultern nach draußen geschoben hatte. Und dann war es bereits zu spät, um die Wucht des Wagens abzufangen.

Eine Stoßstange bohrte sich in die Stahlplanke zwischen der Nord- und Südfahrbahn, und das Heck der Limousine schwenkte herum und grub sich im steilen Winkel in die Leitplanke. Reggels Gesicht verschwand in einem Funkenregen, als er versuchte, das Lenkrad mit einer Hand nach rechts hinüberzuziehen. Ein Zittern ging durch den schweren Wagen, als er sich dem Überrollpunkt näherte. Langsam fielen alle vier Räder wieder auf die Fahrbahn zurück, und im selben Moment wurde das Lenkrad aus Reggels Händen gerissen. Der Wagen schwenkte mit der Seite gegen die Planke, und die Funken sprühten. Reggel bekam das Steuer wieder unter Kontrolle und löste sich vorsichtig von der Planke. Aus seinem Seitenfenster konnte er nur seine eigene Fahrspur und den Verkehr auf der Gegenfahrbahn sehen.

»Sie sind ungefähr dreißig Meter vor uns auf der rechten Fahrspur.«

Reggel blickte ins Innere des Chrysler, als er plötzlich die

Stimme des Zigeuners hörte. Roman war auf den Vordersitz geklettert und hatte das rechte Fenster heruntergedreht. Zwischen ihm und Reggel trieb der Wind die rote Farbe über die Windschutzscheibe. Reggels Haar war voller roter Strähnen, und für einen Moment sah es aus, als sei der Ungar von einer Kugel getroffen worden. Aber dann merkte Roman, daß es nur rote Farbe war.

»Wo sind sie jetzt?« fragte Reggel.

»Vor uns.«

Reggel wippte das Lenkrad hin und her, um zu prüfen, ob sich die Kotflügel in die Reifen gebogen hatten. Die Räder waren frei. Er steckte seinen Kopf zum Fenster hinaus und sah, daß er immer dichter zu dem Kabrio auffuhr. Er lenkte behutsam auf die Mittelspur hinüber. Von der Windschutzscheibe ab war der Chrysler völlig rot.

Die Bremslichter des Kabrios leuchteten auf. Reggel wich ihm aus, indem er auf benachbarte Fahrspuren hinüberwechselte. Als er sich wieder auf der Mittelspur befand, war das Kabrio verschwunden. Roman tippte ihm auf die Schulter.

»Hinter uns!«

Das Rückfenster war mit roten Farbstreifen überzogen, aber in seinem Seitenspiegel erkannte Reggel die Stoßstange des Kabrios knapp hinter sich. Das Kabrio rammte ihn in voller Fahrt und trieb den Chrysler auf die Leitplanke zu. Reggel trat aufs Gaspedal und lenkte mit einer Hand gegen. Wieder fuhr das Kabrio von hinten auf. Der linke Scheinwerfer des Chrysler zerplatzte an der Planke, ehe Reggel zur Mitte der Fahrbahn ausscheren konnte.

Der East River Drive verläuft bis zur 125. Straße fast schnurgerade, und als die beiden Fahrzeuge den Midtown Tunnel passierten, hatten sie etwa ein Drittel des Weges bis dahin zurückgelegt. Bogenlichter schossen wie Leuchtkugeln an der blinden Frontscheibe vorbei. Reggel nahm kurz die Hand vom Steuer, um Roman seine Pistole in den Schoß zu werfen. Sie war etwas kleiner als eine .45er, und auf dem Griff stand der Firmenname: WALTHER.

»Beides kann ich nicht«, sagte Reggel.

»Nimm sie nicht, Roman!«

Reggel zog den Kopf ein, um Dany einen wütenden Blick im Innenspiegel zuzuwerfen.

»Reden Sie keinen Blödsinn! Er muß es tun.«

»Muß er nicht! Sie können ja einfach anhalten.«

An Stelle einer Erklärung nahm Reggel kurz den Fuß vom Gaspedal, und sofort fuhr das Kabrio krachend hinten auf und drückte die Limousine von der Mittelspur auf den etwas vertieft eingelassenen Betonstreifen am äußeren Rand der Fahrbahn. Der Aufprall warf Dany zu Boden. Sie wollte aufstehen, aber das Rütteln der beiden ineinander verkeilten Fahrzeuge ließ es nicht zu.

»Tu endlich was, Zigeuner!«

Roman zwängte sich durchs offene Fenster, die Pistole in der linken Hand. Danys Schreie gingen in dem knirschenden Geräusch der Chromstangen unter. Der Wind zerrte ihm die Haare vor die Augen, und immer wieder verlor er das Kabrio aus der Sicht. Reggels Automatik fühlte sich ungewohnt und nutzlos in seiner Hand an, aber Roman kletterte ohne Rücksicht auf das wilde Bocken des Wagens halb auf das Dach hinaus, bis er einsehen mußte, daß es unmöglich war, das Kabrio in die Schußlinie zu bekommen.

Der Chrysler hüpfte gefährlich über den Seitenstreifen, ehe es Reggel gelang, den Geschwindigkeitsmesser auf neunzig Meilen hochzudrücken und sich aus der Zange des Kabrios zu lösen. Die schnurgerade Fahrbahn näherte sich der steilen Kurve einer Überführung, und weit dahinter erkannten sie den Verkehrsstrom auf der hochgelegenen Triborough Bridge. Reggel war selbst überrascht, daß er sich so lange auf der Straße hatte halten können; aber seine Aussichten auf weiteren Erfolg schwanden, je mehr sie sich der Überführung und den anderen Autos näherten. Das Kabrio versetzte ihnen noch einen letzten Stoß, und Reggel korrigierte das Lenkrad. Der Zigeuner war wieder in den Wagen zurückgeklettert. Reggel sagte nichts. Seine verkrampfte Hand spannte sich um das Lenkrad, als die Scheinwerfer in der Kurve deutlich erkennbar wurden.

Roman schoß. Die Kugel durchschlug den Mittelteil der Windschutzscheibe, wo sie ein kleines Loch und ein weitgefächertes Wabenmuster in dem Sicherheitsglas zurückließ. Dann schoß er durch die linke Seite der Frontscheibe vor dem Fahrersitz, und ein drittes Geschoß bohrte sich durch die rechte Seite. Mit dem Pistolenkolben schlug er das zersplitterte Glas heraus, und mit jedem Schlag breitete sich die Fahrbahn weiter vor ihnen aus. Der Wind wehte die rote Farbe ins Wageninnere.

»Ja!« rief Reggel und half Roman, die letzten lose zusammenhängenden Glasteile zu beseitigen. Dann lehnte er sich zurück und faßte das Lenkrad mit beiden Händen.

Roman stieg über die Sitzlehne zu Dany nach hinten. Sie hielt sich die Ohren zu. Er feuerte zwei Kugeln durch die Rückscheibe, bewußt so hoch gezielt, daß sie über den nachfolgenden Wagen hinweggehen würden. Als er das Glas herausbrach, sah er, daß das Kabrio rasch zurückfiel. Weiter hinten waren die Sirene und das rotgelbe Blinklicht eines Streifenwagens.

Mit neuerwachter Angriffslust brachte Reggel die Limousine in die Bahn des Kabrios, aber der andere Fahrer nutzte die Brückenauffahrt, um die Autobahn zu verlassen. Der Chrysler bog auf den nächsten Notparkplatz neben der Fahrbahn ab, um auf die Polizei zu warten.

*»Ciganyi, ciganyi«*, murmelte Reggel, während er Roman auf beide Wangen küßte.

Die Bogenlampe warf ihr grelles Licht durch das offene Vorderfenster, und es sah aus, als ob die drei Insassen des Wagens auf einem Bett aus roten Diamanten säßen.

# 12

Die Heilige Krone thronte in der Mitte des Altarraums. Als man sie aus ihrer eisernen Truhe genommen hatte, war sie lediglich schön gewesen. Jetzt, im Tageslicht, das durch die Buntglasfenster hereinfiel, erwachte die Krone zum Leben.

Von den Bankreihen aus betrachtet, gegen den Hintergrund des vergoldeten Altarbaldachins und des Kobaltblaus der Fenster der Marienkapelle, glitzerten die Meeresfarben der Emailfelder und belebten die byzantinischen Heiligen in ihrem grüngoldenen Rahmen. Die Prozession im Wandelgang sah die Krone gegen das sanfte Rostbraun der älteren Lichtgaden; ihr bot sich zunächst der Anblick einer rotgoldenen römischen Kuppel, die Bögen gesprenkelt mit dem Feuer von Granat und Amethyst und hinter den Steinen die lichtreflektierende Goldfolie. Der Standpfeiler ragte bis in die Spitze der Krone hinein, so daß die Goldketten in voller Länge herabhingen und die Krone frei im Raum zu schweben schien; ein Eindruck, der von dem schiefen Winkel des kleinen Kreuzes auf der Kronenspitze noch verstärkt wurde.

Reggel beobachtete die Szene von der Hochgalerie. Einen Schritt hinter ihm bemühte sich Csonka, sein Gewehr vor den Besuchern verborgen zu halten. Ein anderer Gewehrschütze stand auf der Galerie gegenüber und zwei weitere auf den Emporen über dem Mittelschiff. Die Männer in den vordersten Bänken der Seitenschiffe waren ebenfalls Reggels Leute, und der Altarraum selbst war mit Lichtschranken abgeschirmt. Keiner, der nicht zuvor Reggels Posten und den verborgenen Metalldetektor passiert hatte, konnte sich der Prozession anschließen. Trotzdem waren Reggels Nerven bis zum äußersten gespannt.

Zur Mittagsstunde schwoll der Besucherstrom noch einmal an, und Isadore mußte weitere Männer in den vorderen Teil der Kirche beordern, um den Strom unter Kontrolle zu halten. Gegen halb drei hatte sich die Menschenmenge verzogen, und Isadore und Reggel gingen ins Verwaltungsgebäude, um etwas zu essen.

Dort kam ihnen ein Sergeant von BOSSI entgegen. Die Tatsache, daß die Existenz dieser Geheimdienstgruppe nie so recht ins Bewußtsein der Öffentlichkeit gedrungen ist, geht vielleicht auf die Vielzahl von Bezeichnungen zurück, hinter denen sich diese Gruppe zu tarnen pflegt und von denen ›Bureau of Special Services and Investigation‹ die unverbindlichste und ›Rote Feuerwehr‹ – wie sie von den Kollegen der Wald-und-Wiesen-Polizei genannt wird – die zutreffendste ist.

»Sie wollen uns also auch helfen?« reagierte Reggel mit einem säuerlichen Lächeln.

»Wir befassen uns mit der Überwachung sämtlicher Gruppen, links wie rechts«, klärte ihn der Mann von BOSSI auf. »Wir sind an der Identifizierung der Männer in dem Auto gestern nacht ebensosehr interessiert wie Sie. Es könnte durchaus sein, daß unsere Abteilung Mitteleuropa Bilder der Männer im Archiv hat, falls es sich um Freiheitskämpfer handelt.«

Reggel klatschte eine Scheibe fetten Speck auf sein Brot und bemerkte die geräumige schwarze Diplomatentasche des Geheimdienstlers. Isadore verzehrte ein Pastrami-Sandwich mit Senf.

»Glauben Sie, ein Staatssicherheitsoffizier könnte einen Freiheitskämpfer nicht auf Anhieb erkennen?« konterte Reggel.

»Captain, wir führen pro Jahr hunderttausend Sicherheitsüberprüfungen durch. Es überfordert uns keineswegs, Sie, die amerikanische Nazi-Partei und achtzigtausend illegale Einwanderer ständig im Auge zu behalten. Sie werden kaum von mir erwarten, daß ich Ihnen unsere Akten offenlege, aber Sie brauchen unsere Hilfe.« Reggel, dermaßen zurechtgewiesen, nickte. »Die rote Farbe ist im übrigen ein deutlicher Hinweis darauf, daß es sich hier um eine politische Tat handelt.«

»Sie meinen die Farbe des Beutelinhalts?«

»Genau.«

»Sergeant, bitte, schauen Sie einmal nach oben zur Decke! Und nun sagen Sie mir, welche Farbe haben meine Augen? Wenn Sie das können, akzeptiere ich Ihre Hilfe.«

»Nun, sie sind braun.«

»Nein, nicht so, Sergeant. Auf ungarisch.«

Der Sergeant wandte die Augen von der Decke. »Das kann doch nicht Ihr Ernst sein! Aus einem so albernen Grund weisen Sie meine Hilfe zurück? Schön, ich spreche also nicht Ungarisch, obwohl ich in der Mitteleuropa-Abteilung arbeite. Aber dazu gehören neun verschiedene Länder.«

»Das sind acht zuviel. Nein, danke, Sergeant.« Reggel wischte sich die Finger ab, ehe er sich mit Handschlag verabschiedete. An der Tür sagte er noch: »Übrigens, meine Augen sind *barna*.«

Isadore stopfte den Rest seines Sandwichs in eine Papiertüte. »Sie fließen ja über vor Liebreiz, Kapitány«, sagte er.

»Warum sollte ich meinen Liebreiz, wie Sie es nennen, auf einen Spion verschwenden? Außerdem könnten in diesem Auto irgendwelche x-beliebigen Männer gesessen haben. Es ist doch so, daß sich die Menschen hier umbringen, ohne sich zu kennen. Ein Fremder kommt in Ihr Haus und bringt Sie um. Er begegnet Ihnen auf der Straße und versucht, Sie von der Fahrbahn zu drängen.«

»Wenn es so einfach ist, warum verlangen Sie dann, daß die Priester vor Verlassen der Kirche durchsucht werden?«

»Weil ich Priester nicht leiden kann.«

Auf dem Weg zurück in die Kirche sahen sie die erste großangelegte Demonstration auf der Fifth Avenue. Die Demonstranten riefen »Freiheit für Ungarn!« auf englisch und ungarisch. Während Reggel eine kaum zu überbietende Gleichgültigkeit zur Schau trug, schweifte Isadores Blick interessiert über die Gesichter hinter den Absperrungen. Sie hörten eine Weile zu und verschwanden dann im Innern der Kathedrale.

Mit jeder Stunde veränderte sich das Licht auf der Krone.

Gelegentlich schien sie im Blitzlicht einer eingeschmuggelten Kamera aufzuflammen, und dann gab es jedesmal einen kleinen Tumult, wenn Reggels Leute den Fotografen ausfindig machten.

Nach fünf Uhr nahmen die Besucherzahlen wieder zu, und zur Abendmesse waren die Bänke voll besetzt. Kirchendiener verschlossen die Seitentüren. Die roten Seile, die vorher den Weg der Prozession durch die Wandelgänge abgegrenzt hatten, dienten nun zur Reservierung der vordersten Bankreihen für Ehrengäste. Der Bürgermeister war zu seinem Urlaub aufgebrochen, aber immerhin erschienen der Gouverneur, mehrere Botschafter, Museumsdirektoren und ein päpstlicher Nuntius. Ganz hinten in der versammelten Gemeinde saßen Dany und Roman.

Eine neue Prozession – ganz in Weiß – zog ein, angeführt von weihrauchspendenden Meßdienern. Zwei Kardinalsmitren tauchten auf – Killane und der Primas von Budapest –, und hinter ihnen, im Gewand seines Ordens, der Abt der Benediktiner, die einst den Magyaren den Glauben verkündeten. Reggel schaltete die Fotozellen aus, als die Prozession die Kommunionbank passierte und die Altarstufen hinaufschritt. Von der Empore unter der Fensterrosette erfüllte ein Organist den Raum mit den Klängen Brahmsscher Musik, und ein bewaffneter Posten hielt Ausschau nach verdächtigen Bewegungen.

## 13

Am zweiten Tag der Ausstellung trat ein junger Schwarzer vom Wartungsdienst durch die Kesselraumtür in der Mauer an der 51. Straße auf den Bürgersteig hinaus. Er trug einen Scheuerlappen und einen Eimer an die Bordsteinkante. Ein Posten an der Ecke machte sofort Anstalten, zu ihm zu kommen, ehe er die grüne Uniform erkannte und von weitem winkte.

Morton bückte sich zwischen zwei parkenden Autos, und ein Schwall Schmutzwasser ergoß sich aus dem Eimer in den Rinnstein. Immer noch vornübergebeugt, ließ er die Scheinwerferabdeckung des Autos zu seiner Rechten aufspringen. Statt einer Glühbirne enthielt das Fach einen grauen, wasserdichten Plastikbeutel. Er ließ den Beutel in den Eimer fallen und klappte den Deckel zu.

In der Kirche füllte er den Eimer mit frischem Wasser und verwandelte es mit Waschseife in eine milchigtrübe Flüssigkeit. Dann ging er mit Eimer und Scheuerlappen in den Altarraum. Ein zweiter Mann vom Wartungsdienst war dabei, die Bronzetür zur Krypta zu polieren, während einer der ungarischen Wächter ihn beaufsichtigte.

Morton kam auf die beiden zu und fragte nach dem Schlüssel zur Sakristei. Sein älterer Kollege hatte den Boden in der Sakristei zwar schon gewischt, aber er war Puertoricaner und wollte sich mit seinem schlechten Englisch nicht vor dem Aufsichtsposten bloßstellen. Er gab Morton den Schlüssel.

Morton öffnete die Sakristeitür und ging direkt in den Nebenraum am rechten hinteren Ende. Es war das am wenigsten benutzte Umkleidezimmer, dessen Mobiliar lediglich aus Stühlen, einem Betstuhl und einem hohen Kleiderschrank bestand. Er öffnete den Schrank und stellte den tropfnassen Plastikbeutel hinein.

Im Hinausgehen blieb er kurz bei seinem Kollegen stehen und fragte ihn, warum er nicht gesagt habe, daß in der Sakristei bereits gewischt worden sei. Der Ungar ignorierte die Unterhaltung, die er ohnehin nicht verstand, und hielt den Blick auf die Krone gerichtet.

Im ›Commodore Hotel‹ wusch sich Odrich die Reste eines Hautbräunungsmittels von den Fingern, ehe er seinen Priesterkragen umlegte. Er schob sein Gesicht dicht an den Spiegel heran und ließ den Knopf auf der Nackenseite des Kragens einschnappen. Seine vordere Schädelpartie war kahlrasiert und künstlich gebräunt.

Vor den übrigen Spiegeln staffierten sich die anderen Männer mit schwarzen Anzügen, schwarzen Hemdbrüsten und weißen Kragen aus.

Im Hinausgehen tauschten sie noch rasch ihre Pistolen gegen Breviere.

## 14

Es war noch dunkel, als Isadore am dritten Ausstellungstag Roman abholte. Isadore war schlaftrunken und gereizt.

»Ist es nicht noch ein bißchen früh für die Messe?«

»Vergessen Sie Ihre Ungarn. Wir haben im Moment hausgemachten Ärger.«

Im Osten ging die Sonne auf, und die Spitzen der Hochhäuser zeichneten die scharfen Umrisse einer Geisterstadt an den noch reinen Himmel. Roman gähnte und reckte sich, während sie über den East River Drive nach Norden fuhren und sich die Dämmerung langsam über den Stadtteil Queens ausbreitete. In Höhe der 125. Straße fädelten sie sich in den Harlem River Drive ein. Je heller der Tag wurde, desto schmutziger wurde er. An der 178. Straße nahmen sie die Brücke, die in die Bronx hinüberführte. Richtungsweiser zeigten zum Major Deegan Expressway und zum Yankee Stadion, aber Isadore verließ die Autostraße und kehrte zum Ufer des Harlem River zurück. Auf einer von Schlaglöchern übersäten Zufahrtsstraße zu den halbverfallenen Kaianlagen unter einer unbenutzten Brücke hielt er den Wagen an.

»Highbridge Aqueduct«, sagte er. »Privatbesitz aller Fixer, die sich trauen, hier hinunterzuklettern.«

Ein Wagen von der Mordkommission und zwei neutrale Polizeifahrzeuge standen auf dem Bürgersteig. Zwei schwarze Streifenpolizisten und ein schwarzer Zivilbeamter winkten mit Taschenlampen Isadore zu sich herüber.

»Da sind Sie ja wieder«, sagte der Zivilbeamte zu Isadore.

Sein Interesse für Roman verriet eher einen akuten Mangel an Schlaf als Neugierde.

»Schon was gefunden?«

»Fehlanzeige! Wir dachten, es würde vielleicht leichter, wenn wir warten, bis es hell wird. Aber das Wasser hier ist noch genauso dunkel wie vorher.«

Kinder in schmutzigen Kleidern sahen von einem Berg Autowracks aus zu. Roman ging mit den Polizisten zum Brückenpfeiler hinunter. Auf der anderen Seite des Pfeilers standen ein schwarzer und ein weißer Zivilbeamter und starrten unentwegt ins Wasser. Isadore nahm einen Kaugummi aus dem Mund und warf ihn mit aller Kraft weit in den Fluß. Inzwischen hatte Roman begriffen, daß sein Freund, der Sergeant, zu einer Nachtwache zurückkehrte, die er Stunden zuvor angetreten hatte.

»Das hier war, als sie gebaut wurde, die berühmteste Brücke in ganz Amerika«, knurrte Isadore.

Das Mauerwerk in der Mitte der Brücke war durch einen langgezogenen Stahlbogen ersetzt worden. In kurzer Entfernung vom Ufer hing ein Seil von der Brücke herab. Zwischen den Polizisten lagen ein Koffer mit den wichtigsten medizinischen Utensilien und ein grüner Leinensack.

Immer mehr Kinder versammelten sich auf den Autowracks, und die Polizisten starrten unverwandt in den Schaum, der in der aufgehenden Sonne die gelbbraune Färbung geschmolzenen Goldes annahm. Plötzlich wurde die goldglänzende Schicht von einem auftauchenden Froschmann durchbrochen. Er schwamm auf den Strebepfeiler zu und schleppte seinen Fund an der Hand mit sich. Er spuckte sein Mundstück aus. »Rollt den Leinensack aus!«

Es war die Leiche eines Negers. Der Schmutzfilm, der ihn von oben bis unten bedeckte, machte es unmöglich, sein Alter zu schätzen, und als die Polizisten an seinem Jackenärmel zerrten, spritzte ihnen das trübe Wasser zwischen den Fingern hindurch.

»Wir haben ihn!« rief Isadore nach oben, und Roman stellte fest, daß auch auf der Brücke Polizisten standen.

Man säuberte das Gesicht des Toten, bis Roman erkennen konnte, daß es sich um einen jungen Mann handelte. Der schwarze Zivilbeamte fluchte.

»Ja, es ist Morton.«

»Dann haben wir seine Fingerabdrücke«, sagte Isadore. »Stellen Sie rasch die Todesursache fest!«

Der hellrote Schaum unter den Nasenlöchern deutete auf Tod durch Ertrinken hin. Der schwarze Zivilbeamte diktierte den Tatortbericht mit wiedergewonnener Nüchternheit.

»Fleischwunden an Stirn und Handgelenk.« Sein Finger fuhr prüfend durch die kurze Afrofrisur des Jungen. »Mindestens eine Fleischwunde an der linken Schläfe.« Der Kiefer klappte auf. »Die Zunge herausgeschnitten, möglicherweise Selbstverstümmelung.« Er drückte die Nasenflügel des Toten weit auseinander. »Dieser Schaum! Ich will verdammt sein, wenn das nicht Rauschgift ist!«

Er nahm den Arm des Jungen und untersuchte die Armbeuge. »Verflucht, er ist rückfällig geworden! Überdosis. Das Labor soll die Galle auf Morphium untersuchen!« Er ließ den dünnen Arm fallen. »Da stimmt doch irgendwas nicht.«

Isadore kniete neben dem Toten nieder. Der Taucher saß auf der Ufermauer und rauchte eine Zigarette.

»Da, sehen Sie sich das an!« Isadore zog den Kopf des Toten zur Seite und legte den Nacken frei. Man sah einen schwach erkennbaren Einstich.

»Ein frischer Einstich«, murmelte der schwarze Zivilbeamte. »Irgendein Dreckskerl hat ihn mit einer Spritze Heroin überrascht.«

»Und dann haben sie ihm das Ding in den Arm verpaßt«, nickte Isadore. Er stieß sich mit beiden Händen vom Boden ab. »Kommen Sie!« sagte er zu Roman. »Verschwinden wir!«

Über eine halbzerfallene Treppe gelangten sie auf die alte Brücke. Der Fußweg war zu beiden Seiten mit häßlichen Barrikaden aus Wellblech und Stacheldraht versperrt. Auf den anderen Brücken und Autostraßen am Harlem River entlang herrschte bereits reger Verkehr.

»Meine Güte, in dieser Stadt kann man überhaupt nicht mehr richtig atmen.« Isadore rieb sich die blutunterlaufenen Augen. »Ist Ihnen dieser Negerjunge jemals über den Weg gelaufen, Roman?«

»Noch nie.«

»Frederick Morton hieß er. Aufgewachsen in einem Dutzend verschiedener Straßen, aber Mitglied der Pfadfinder. Auszeichnungen noch und noch. Ein helles Bürschchen. Sergeant Jack kannte ihn aus einem unserer Jugendzentren. Später hat sich Morton dann mit Rauschgift und Autodiebstahl eingelassen. Nach seiner Entlassung aus der Besserungsanstalt besorgte Jack ihm einen Job als Bademeister in einem Schwimmbad. Vor zwei Wochen verschwand der Junge dann spurlos. Ein ganz normaler Lebenslauf, finden Sie nicht?«

»Woher soll ich das wissen?«

»Ach ja, richtig! Unter Zigeunern kommt so was ja nicht vor.« Isadore sagte es mit einer Bitterkeit, die bei ihm selten zu hören war.

Ein Stück weiter die Brücke hinauf suchten zwei Polizisten mit Papier und Benzidin nach Blutspuren. Immer wenn sich das Papier grün oder blau verfärbte, kratzten sie den Fleck zusammen.

»Jemand, der Morton kannte, sah ihn gestern abend aus einem Auto aussteigen und vor drei weißen Männern davonlaufen. Das war auf der nach Manhattan gelegenen Seite der Brücke, da, wo das Schwimmbad ist. Der Platz ist nachts völlig verlassen, nur ein paar Süchtige treiben sich dort herum. Wahrscheinlich haben sie ihm die beiden Spritzen in den Hals und den Arm verpaßt, als er weglaufen wollte. Erstaunlich, daß er überhaupt so weit gekommen ist. Immerhin mußte er über den Stacheldraht klettern, der das Ende der Brücke versperrt, dann über die ganze Brücke und über diese Absperrung hier. Vermutlich ist er dann zum Fluß hinuntergerannt, weil er es bergauf nicht mehr schaffte.«

Einer der Männer zog das herabhängende Seil ein und begann, fleckige Fasern herauszuschneiden.

»Natürlich hätten sie ihn einfach an dem Seil hängen lassen können, bis er von selbst loslassen mußte. Aber damit werden sie sich nicht begnügt haben«, spann Isadore den Faden weiter.

»Hat seine Familie ihn nicht vermißt?«

»Seine Schwester ist beschäftigt, und sein Bruder ist vor einem Jahr von dieser Brücke gefallen. Hier bei uns gibt es keine ungarischen Märchenschlösser mehr.«

Man verpackte den Leichnam in den Leinensack und transportierte ihn zum Wagen der Mordkommission. Isadore wippte nervös am Brückengeländer und fischte schließlich einen neuen Kaugummi aus einer seiner Taschen.

»Sie wissen ja, daß ich als Bücherwurm bekannt bin.«

Das Lärmen der Kinder, die sich aufgeregt um den Polizeiwagen versammelten, ließ Isadore abbrechen.

»Ich lese Bücher über Zigeuner, anstatt sie zu verhaften, das nur als Beispiel«, fuhr er dann fort. »Und als ich neulich – auf Ihre Anregung natürlich – auf die Krone angesetzt wurde, bin ich gleich in die Bibliothek gegangen, um mich zu informieren. Leider fehlten in den Militärarchiven, die ich da vorfand, die interessanten Seiten – glatt herausgeschnitten.«

Er zog einen Umschlag aus seiner Jackentasche und entnahm ihm eine Anzahl offensichtlich aus einem Buch stammender Seiten. Er hielt sie Roman zum Lesen hin.

»Bericht der Vernehmungszentrale der 7. Armee: Am 7. Mai 1945 wurde dem Major K. vom Nachrichtendienst der 7. Armee eine alte Kiste überbracht. Überbringer waren der ungarische Armee-Oberst P. und eine Gruppe von zwölf ungarischen Armeeangehörigen. Oberst P. gab zu Protokoll, daß die Kiste die Heilige Stephanskrone enthalte und daß er in seiner Eigenschaft als offizieller Hüter und Kustos die Krone nicht aus den Augen lassen dürfe. P. sagte weiter aus, daß die Schlüssel ursprünglich an drei Leute verteilt worden seien und sich inzwischen alle im Gewahrsam des Premierministers Szállasi befänden. Die Suche nach den Schlüsseln wurde sofort eingeleitet. Am 24. Juli lieferte Ltnt. G. vom Nachrichtendienst die Schlüssel ab, und die Kiste wurde geöffnet. Sie war leer.«

Isadore blätterte um.

»P. wurde in die Zentrale verbracht und dort verhört. Er sagte aus, die Krone sei zusammen mit dem Zepter und dem Reichsapfel entfernt und vergraben worden. Er erbot sich, zusammen mit Ltnt. A. vom Nachrichtendienst, die Krone herbeizuschaffen. Maj. K. lehnte dieses Anerbieten ab, da die Genehmigung des Hauptquartiers zunächst eingeholt werden mußte. Am nächsten Tag jedoch meldeten sich Oberst P. und Ltnt. A. erneut bei Maj. K. und berichteten, sie hätten die Krone während der Nacht herbeigeschafft. Ein altes, schlammbedecktes Benzinfaß wurde hereingebracht, und Oberst P. öffnete es mit einer Brechstange. Das Faß enthielt drei verdreckte und beschädigte Lederkoffer, deren Material auseinanderfiel. Krone, Zepter und Reichsapfel wurden im Badezimmer vom Schmutz gesäubert, auf dem Fußboden getrocknet und dann von Oberst P. und Maj. K. in den ursprünglichen Behälter gepackt. Am 3. Aug. wurde die Kiste erneut geöffnet und die Gegenstände in Badetücher eingewickelt. Danach wurden sie wieder in die Truhe gepackt und diese mit Wachs und dem Abdruck der ›Hundemarke‹ eines anwesenden amerikanischen Lieutenant versiegelt. Nach Aussage von Maj. K. hat sich niemals feststellen lassen, wo die Krone vergraben war, solange sie sich in dem Benzinfaß befand.«

Roman streckte seine Hand nach dem restlichen Inhalt des Umschlags aus. Isadore gab ihm alles mit einem Achselzukken.

»Diese Seiten stammen aus dem Buch, das ich in der Bibliothek gelesen habe. Das ganze Zeug wurde von einem unserer Leute in der Nähe dieser Brücke verstreut gefunden. Wir haben das Papier bereits im Labor untersuchen lassen. Die Fingerabdrücke sind mit Mortons Abdrücken identisch. Und nun frage ich Sie: Warum und zu welchem Zweck zerreißt ein siebzehnjähriger Junge aus Harlem Bücher über die Stephanskrone? Und warum wurde er getötet?«

»Keine Ahnung«, sagte Roman. »Aber am besten fangen Sie gleich in der St.-Patricks-Kathedrale an!« Er hielt das Papier gegen die Sonne, und Isadore sah das Wasserzeichen: eine Taube mit einem Ölzweig. »Es ist das Briefpapier der Kirche.«

## 15

In Höhe der 100. Straße schaltete Isadore seine Sirene an. Das Polizeiauto schlängelte sich durch den widerwillig auseinanderweichenden Verkehr. Der sonst so vorsichtige Isadore lenkte seinen Wagen halb auf, halb neben der Fahrbahn, und verängstigte Fahrer rissen das Steuer zur Seite, wenn er einem herannahenden Laternenmast ausweichen mußte.

Er bog auf die Second Avenue ab und zwängte sich durch den Lastwagenverkehr. Nach der Rechtskurve in die 53. Straße drosselte er die Sirene, behielt aber das Tempo bei. Einen Straßenblock vor der Kirche parkte er in einer Ladezone, und beide liefen das letzte Stück zur St.-Patricks-Kathedrale.

Der Posten vor dem Nordeingang grüßte sie mit lässiger Geste, und in der Kirche winkte sie der ungarische Wächter an dem Metalldetektor vorbei.

»Seit wann hat es ein Zigeuner eilig, in die Kirche zu kommen?« witzelte er.

Ihre Schritte hallten durch die leere Kathedrale. Reggel war im Altarraum.

»Ich hätte auch nicht länger auf Sie gewartet«, rief er und

ließ die Schlüssel im Licht des Scheinwerfers klirren. »Sogar Isadore? Welcher Eifer! Und rot im Gesicht wie ein Ire. Ich muß sagen, die Kirche verfehlt ihre Wirkung nicht auf Sie.«

»Ein Stück Schokolade zur Stärkung?« fragte Isadore kurz angebunden, als sie neben Reggel standen.

Reggel schlug Roman freundschaftlich auf den Rücken. »Wenn dies alles vorbei ist, lade ich Sie beide nach Budapest ein. Man wird Sie wie Helden feiern.«

Er schloß die schwere Doppeltür auf, und sie stiegen gemeinsam in die Krypta hinab. Csonka erhob sich von seinem Stuhl neben der Truhe und bezog oben an der Treppe Posten.

Reggel begann, die Truhe aufzuschließen. Sein gutgelauntes Geschwätz erreichte Roman und Isadore ebensowenig wie das Geräusch eines laufenden Wasserhahns. Reggel löste das letzte der Vorhängeschlösser und klappte den Deckel auf.

Apfel, Zepter und Krone reflektierten das flirrende Licht der Krypta.

»Warum seht ihr beiden so überrascht aus?« lachte Reggel. »Hier!« Er nahm das Kissen mit der Heiligen Krone aus der Truhe und gab es Roman.

Roman reichte Reggel das Kissen zurück und ging mit der Krone näher ans Licht. Seine Augen glitten über Könige mit naiven, starren Gesichtern, über Miniatursäulen mit Perlen, eigenartig geformt und unmöglich zu imitieren, und schließlich zu dem auffallend schiefen Kreuz. Der Ungar ließ das Kissen in einer Hand herabhängen und klapperte ungeduldig mit den Schlüsseln, die er in der anderen hielt. Roman drehte die Krone und betrachtete die Innenseite.

»Diesen Blick aus nächster Nähe hat er sich wohl redlich verdient«, räumte Reggel ein.

Roman hatte seine Untersuchung beendet.

»Es ist die falsche Krone.«

Reggel lief rot an. Isadore spürte, wie sein Mund trocken wurde.

»Mach keine Witze, Zigeuner!«

»Das ist kein Witz. Es ist die falsche Krone. Eine Imitation.« Er gab Reggel die Krone zurück.

»Sie sind verrückt! Niemand hat hier eindringen können.« Reggel schlug mit der Faust auf das Gesicht über einem der Grabgewölbe. »Hier gibt es nichts als Marmor und Gebeine. Und Csonka war die ganze Zeit hier.«

»Ich habe nicht gesagt, wie es geschehen ist. Ich sage nur: Dies ist eine Fälschung. Möglicherweise befindet sich die richtige Krone in Ihrer Mission, was weiß denn ich?«

Reggel legte die Krone in die Truhe zurück und stürzte aus der Krypta.

»Wo will er hin?« fragte Isadore Roman.

»Dr. Andos holen, nehme ich an. Er will mir nicht glauben.«

»So was von blindem Fanatismus!«

»Nein, blanke Angst.«

Es war, als stürze das ganze Gewicht der Kirche auf Isadore herab. »Damit steht er nicht allein. Ich rufe am besten sofort den Commissioner an.«

»Sprechen Sie lieber erst mit dem Kardinal«, schlug Roman vor. »Er hat uns das hier eingebrockt.«

»Dies ist die echte Krone«, sagte Andos gleich nach seiner Ankunft in der Krypta. Killane war mit ihm gekommen. Sie standen dicht gedrängt in dem unterirdischen Gewölbe. »Dies ist dieselbe Krone, die ich gestern untersucht und in diese Truhe gelegt habe, dieselbe Krone, die der heilige Stephan vor tausend Jahren als Geschenk bekam. Auf wessen Wort wollen Sie sich verlassen?«

»Auf das eines Zigeuners, aber nicht meines«, sagte Roman. Er nahm die Krone in die Hand, als sei sie ein wertloser Modeschmuck. »Die echte Krone wurde der amerikanischen Armee von einer Gruppe ungarischer Offiziere in Maltsee, einem Kurort bei Salzburg, übergeben. Habe ich recht, Kapitány? Einige Aspekte dieser Übergabe sind bis heute nicht geklärt worden, zum Beispiel, warum die Krone in der Truhe fehlte, als diese übergeben wurde.«

»Immerhin ist es kein großes Geheimnis, *daß* sie fehlte«, warf Reggel ein.

»Aber es *ist* ein Geheimnis, warum sie in einem Ölfaß in der Nähe eines Konzentrationslagers für Zigeuner versteckt gehalten wurde. Es gab damals einen jungen ungarischen Offizier, der Romani sprach und der mit einem der Zigeuner zu der Krone ging, weil sie Schaden gelitten hatte und repariert werden mußte, ehe man sie dem Feind auslieferte.«

»Ich muß den Commissioner anrufen«, unterbrach Isadore. »Kommen Sie zur Sache!«

»Lassen Sie ihn ausreden!« kam es von Csonka aus der Ecke. Es waren die ersten Worte, die man bisher von ihm gehört hatte. Er wandte den Blick nicht von Reggel.

»Dieser Zigeuner war Goldschmied. Die Krone war beschädigt, die oberen Bügel waren von dem Diadem abgebrochen. Die Offiziere hatten zwar die Klammern, mit denen der Schaden behoben werden konnte, aber sie scheuten vor einer Bearbeitung des alten Goldschmucks zurück. Diese Arbeit übernahm der Zigeuner; er erhitzte das Gold und verband die beiden Hälften wieder miteinander. Leider fehlte jedoch eine Klammer für die linke Seite, so daß er sich dort mit einer einzigen behelfen mußte. Die Krone, die hier abgeliefert wurde, hatte nur eine Klammer. Wie sie selbst sehen können, hat diese hier zwei.«

Die Krone erbebte unter Andos' prüfenden Fingern.

»Nach vollbrachter Arbeit erhielt der Offizier, der die Romani-Sprache beherrschte, den Auftrag, den Zigeuner zu töten, damit niemand erfahren konnte, daß sie von seinen Händen besudelt worden war. Aus irgendeinem Grund brachte es der Offizier nicht übers Herz, ihn zu töten. Er schoß ihm in den Arm und riet ihm, ruhig liegenzubleiben, bis alle abgezogen wären.«

»Er lügt! Das ist alles frei erfunden!«

Roman nahm dem protestierenden Andos die Krone aus den Händen. Bevor es jemand verhindern konnte, hatte er mit seinem Taschenmesser einen Splitter Gold herausgeschnitten. »Hier!« Er gab Isadore den Goldsplitter. »Lassen Sie das in Ihrem Labor untersuchen! Als diese Krone angeblich gefertigt wurde, benutzten die Goldschmiede Schmelztiegel aus weißem Ton. Ein moderner Fälscher benutzt einen Graphittiegel, auch wenn er alte Münzen einschmilzt. In diesem Gold werden Sie Graphitspuren finden.«

Andos schlug die Hände vors Gesicht. Killane legte den Arm um ihn, weniger zum Trost als zur Stützung.

»Ich werde veranlassen, daß Monsignore Burns ihn in meine Wohnung bringt.« Killane wandte sich Roman zu: »Es überrascht mich, wie grausam Sie sein können.«

»Keineswegs. Sie werden schon sehen.«

Killane blieb skeptisch. Er führte Andos aus der Krypta.

»Die Krone dürfte inzwischen die Stadt verlassen haben, es sei denn, sie wird von Freiheitskämpfern in Yorkville versteckt gehalten. In dem Fall hätten wir noch eine Chance«, versuchte Isadore Reggel zu beruhigen. »Es ist zwar für uns eine ziemlich kritische Gegend, aber wir werden die Krone finden, wenn sie da ist.«

Reggel gab sich amüsiert. »Sehr gut, Sergeant. Sie halten also Haussuchung bei den Freiheitskämpfern. Nur leider dürfen wir – mein Freund und ich – die Maschine nach Budapest nicht versäumen. Sie können Ihren Leuten am Flughafen sagen, daß sie uns durchlassen sollen. Dann sind wir schon einmal aus dem Weg.«

»Das wird nicht möglich sein, zumindest nicht, bis die Tatortermittlungen abgeschlossen und alle Fingerabdrücke, einschließlich die von Csonka, geprüft sind. Immerhin ist er der einzige lebende Verdächtige, den wir haben.«

»Nicht unbedingt.«

Niemand hatte mit Killanes Rückkehr gerechnet. Er kam gebückt in die Krypta herein. In seinem schwarzen Umhang und dem roten Birett sah er aus wie ein urzeitlicher Raubvogel.

»Wenn Dr. Andos die beiden Kronen nicht voneinander unterscheiden konnte, dann besteht doch durchaus die Möglichkeit, daß er gestern die falsche Krone hergebracht hat. Außerdem konnte die Krone im Laufe des Tages jederzeit gestohlen werden.«

»Eminenz«, seufzte Isadore, »während des Tages war die Krone den Blicken von Tausenden von Menschen ausgesetzt. Niemand ist in ihre Nähe gekommen.«

»Kapitány Reggel, war irgend jemand am Tage in der Nähe der Krone?« fragte Killane.

Reggels Blick glitt über die geschwungenen Linien der Krone. »Natürlich«, lachte er. »Sie und die Priester. Während der Messe waren sie ja in ganzen Schwärmen hier oben.«

»Wo können wir die Priester finden?« fragte Isadore.

»Danach habe ich mich schon erkundigt. Außerdem habe ich Ihren Beamten durch Monsignore Burns ausrichten lassen, daß die Beleuchtung vorübergehend ausgefallen ist, daß aber die Türen bald geöffnet werden. Sie können die Krone zur Besichtigung ausstellen, wann immer Sie wollen, Mr. Grey.«

»Und warum eine Fälschung? Wozu?«

»Die Priester konnten die Krone nicht aus der Kirche schaffen, wenn sie sie gestohlen haben sollten. Auf Kapitány Reggels Anordnung wurden sie mit dem Metalldetektor durchsucht. Die Heilige Krone befindet sich also immer noch hier bei uns, vermutlich versteckt in der Sakristei oder in der Nähe einer der Türen. Und derjenige, der den Austausch vorgenommen hat, wird noch einmal wiederkommen müssen, um sie zu holen. Korrigieren Sie mich, Sergeant, wenn ich unrecht haben sollte, aber es stimmt doch, daß Sie die Krone – falls sie aus St. Patrick verschwunden ist – nicht durch Absperrung der Flughäfen wiederbekommen, sondern allenfalls als Ergebnis eines wie immer gearteten Hinweises? Mit anderen Worten, Zeter und Mordio zu schreien wird nur wenig nützen, falls die Krone bereits fortgeschafft ist, und gar nichts, wenn Sie Wert darauf legen, daß die Diebe wiederkommen und Sie zu der Krone hinführen. Zeit spielt eine entscheidende Rolle, hab' ich recht?«

»Eminenz könnten mich zu Fisch am Freitag überreden, wenn es darauf ankäme«, meinte Isadore. »Aber Priester, die die Krone stehlen und sie dann in der Kirche lassen? Wie lange, glauben Sie, könnte ich meine Stellung bei der Polizei behaupten, wenn ich meinen Leuten mit einer solchen Geschichte käme?«

»Wie lange werden Sie Ihre Stellung behaupten, wenn Sie sagen, daß die Krone nicht mehr in der Kirche ist? Wenn nicht die Ungarn sie genommen haben und sie trotzdem verschwunden ist, dann gibt es nur einen einzigen Menschen, der sie hier herausgeschafft haben könnte, ohne durchsucht zu werden. Ich.«

Reggel brach das peinliche Schweigen. »Die Ausführungen entbehren nicht einer gewissen Logik.« Nachdem Killane gegangen war, durchsuchten Isadore und Reggel die Wandelgänge, die Sakristei, jeden Winkel, wo die Krone versteckt sein konnte. Schließlich kam Monsignore Burns herein, sichtlich außer Atem.

»Die Patres aus Chicago, die gestern die Abendmesse gelesen haben ... Ich habe sie ausfindig gemacht – in Chicago. Sie sind gar nicht abgereist und waren auch nie hier. Sie behaupten sogar, ich selbst hätte sie vor drei Tagen angerufen und gebeten, nicht herzukommen. Und noch etwas ... eine Kleinigkeit, die wahrscheinlich nichts zu besagen hat. Ich würde es gar nicht erwähnen, wenn nicht die Situation so ...«

»Bitte, erwähnen Sie's trotzdem«, sagte Isadore.

»Einer unserer Männer vom Wartungsdienst ist heute nicht zur Arbeit erschienen. Durchaus nichts Ungewöhnliches.«

Isadore sprach mit dem Leiter des Wartungsdienstes, der Morton auf dem Foto erkannte.

»Sagen Sie, Monsignore«, fragte Isadore. »Dieser Junge, der hier gearbeitet hat ... wäre es möglich, daß er die Namen und den Heimatort der Priester herausgefunden hat?«

»Die Liste der Priester befand sich am Aushang in der Sakristei, Namen und Heimatpfarre.« Plötzlich klappte der Unterkiefer des Monsignore herab. Vor dem Hochaltar legte Roman letzte Hand an das Ausstellungsarrangement für die Krone.

»Ich dachte, die Heilige Krone sei gestohlen...«

Reggels Hand legte sich wie ein Schraubstock um Burns' Arm. »Niemand hat die Heilige Krone gestohlen. Verstehen Sie? Die Krone ist hier!«

## 16

»Irgendwelche Sonderführungen waren nicht vorgesehen.«

»Kapitány Reggel!« Nagy rollte eine dicke, kalte Zigarre zwischen den Fingern. Seine goldberingte, plumpe Hand strich genüßlich über seinen Bauch. »Kapitány, wir können es uns jetzt leisten, großzügig zu sein. Unterlassen Sie bitte Ihre Proteste. Sollen die amerikanischen Wissenschaftler die Heilige Krone doch sehen! Es wird sicher die letzte Gelegenheit für sie sein.«

An der Tür blieb er noch einmal stehen. »Und noch eines, Kapitány. Diesen Zigeuner, den der Kardinal in seine Dienste genommen hat, halten Sie am besten fern von der Krone, wenn die Amerikaner kommen. Es könnte einen schlechten Eindruck machen.«

»Da haben wir's also«, sagte Reggel, als er zu Roman zurückkehrte. »Und wenn der Mann vom Metropolitan Museum nun wirklich so gut ist, wie Sie sagen, dann erkennt er die Fälschung von der letzten Bankreihe aus.«

Die Abendmesse in St. Patrick war aus. Polizeiposten und ungarische Geheimagenten bewachten eine Kirche, die bis auf die drei Männer und die Fälschung leer war.

Isadore ging voran zum Funkgerät im Trauungszimmer. Er nahm den Hörer kurz auf und legte ihn wieder ab.

»Sonst hat er nichts gesagt?« fragte er Reggel. »Nagy hat noch keinen Anruf wegen der Krone bekommen?«

»Wir können die Krone doch nicht finden. Welche Rolle spielt da ein Anruf?«

»Wieviel könnten sie für die Heilige Krone verlangen? Eine Million Dollar? Zehn Millionen? Ein solches Lösegeld läßt man nicht einfach liegen. Wenn jemand die Krone hat, ruft er auch an. Herrgott, können Sie sich vorstellen, was wir zahlen würden, ganz zu schweigen von den Ungarn?«

»Rufen Sie schon den Commissioner an!« drängte Roman. »Sie denken zuviel.« Es war keineswegs sarkastisch gemeint.

»Sie haben recht. Ein Polizei-Sergeant wird nicht dafür bezahlt, daß er denkt, ich weiß«, murmelte Isadore. »Rette sich, wer kann! Der Jude hat die Heilige Krone auf dem Gewissen.« Er nahm den Hörer erneut auf. Eine blecherne Stimme meldete sich. »Detective Harry Isadore in St. Patrick. Schikken Sie mir fünf Leute vom Bombenräumkommando und zwei vom Erkennungsdienst! Fragen Sie nicht viel, schicken Sie die Leute her!« Er ließ den Hörer auf die Gabel zurückfallen. »Die vom Räumkommando finden alles. Sie werden wohl stutzig werden, wenn sie plötzlich auf die Krone stoßen.«

Roman schüttelte den Kopf. »Sparen Sie sich die Mühe, Harry.«

Isadore lehnte sich in den vergoldeten Brautstuhl zurück. Es war das erste Mal, daß der Zigeuner ihn beim Vornamen genannt hatte.

»Ihnen habe ich es zu verdanken, daß dies mein Fall ist, Roman. Ich hoffe, Sie wissen, wie es weitergehen soll.«

Roman hatte sich mit der Fälschung zurückgezogen, als die Bombenräumer eintrafen. Isadore wies die Leute vom Erkennungsdienst in ihre Arbeit ein, indem er Fingerabdruckpulver mit einem langen Staubwedel über den Altar verteilte. Als sie dann in ihre Arbeit vertieft waren, nahm er heimlich einen kleinen Hammer aus ihrer Gerätetasche.

Neue ungarische Wachen und New Yorker Polizisten bezogen ihren Posten. Reggel kam zu Isadore, in seiner Begleitung zwei Ungarn mit hochroten Ohren und kalkweißen Gesichtern.

»Eine Neuigkeit«, meldete Reggel. »Wie ich soeben von diesen Hohlköpfen erfahre, sind während ihrer Wache, ungefähr eine Stunde nach der gestrigen Abendmesse, die Priester noch einmal zurückgekommen, und sie haben sich vielleicht eine halbe Stunde hier aufgehalten. Das war vor Csonkas Schicht. Sie behaupten, sie hätten die Priester gründlich durchsucht, ehe sie sie gehen ließen.«

Danach konnte Reggel beobachten, wie Isadore seine Leute, die nach der Messe Dienst gehabt hatten, ins Gebet nahm. Er fand die Männer kaugummikauend draußen vor der Tür des Querschiffs. Ihre Unterhaltung drang erst zu Reggel durch, als Isadore sich ereiferte.

»Warum nicht?«

»Weil es Priester waren«, verteidigte sich einer der Männer. »Und wenn die erzbischöfliche Marschkapelle ankäme, die würde dann auch ohne weiteres durchgelassen, ja?«

»Es scheint, als ob aber auch alles schiefginge«, gab Isadore zu, als er wieder zu Reggel zurückkehrte. Die beiden Männer saßen in einer der Bankreihen. Wie dunkelgraue, gepanzerte Mäuse huschten die Bombenräumer aus einer Seitenkapelle in die andere.

»Fünf Priester sind noch einmal hier gewesen – unter dem Vorwand, etwas in der Sakristei vergessen zu haben. Sie hatten eine angeblich von Burns unterschriebene Mitteilung, aber dessen Briefpapier scheint in letzter Zeit überall aufzutauchen.«

»Mein Posten vor der Sakristei hat keinen Priester zu Gesicht bekommen.«

»Nachdem die Priester erst in der Kirche drinnen waren, hat sie keiner mehr gesehen. Bis sie weggingen.«

»Heißt das, daß sie noch mal hergekommen sind, ohne die Krone mitzunehmen?«

»Ihre Männer hatten doch den Metalldetektor«, sagte Isadore. »Soll ich mir einen Strick drehen lassen, weil sie schlampige Arbeit geleistet haben?«

»Natürlich nicht. Ich werde meinen Männern den Strick höchstpersönlich drehen, falls sich herausstellt, daß sie nachlässig waren.« Die Redensart klang aus Reggels Mund durchaus nicht metaphorisch.

»Gut. Zumindest wissen wir jetzt, daß jemand wegen der Krone wieder hiergewesen ist. Die Priester werden sie an einen anderen Platz in der Kirche geschafft haben.« Isadore zog einen Grundrißplan der Kathedrale aus der Tasche. Er markierte die Stellen, an denen ungarische Wachen postiert gewesen waren, und zeichnete von diesen Stellen ausgehend das jeweilige Blickfeld ein.

»Csonka und der Mann vor der Sakristei konnten die Apsis hinter dem Altar übersehen, sonst nichts. Die anderen, an den Querschiffeingängen, hatten in ihrem Blickfeld das Querschiff, die Kommunionbank und die vordersten Bankreihen. Alles andere dürfte von den Säulen und Pfeilern versperrt gewesen sein. Die Priester hatten bestimmt mehr als nur gestohlenes Briefpapier, wahrscheinlich sogar Mortons Schlüssel. Neun Zehntel der Kirche standen ihnen also als Versteck für die Krone zur Verfügung.«

Das Räumkommando arbeitete sich immer weiter nach vorn durch. Bisher hatte noch niemand die Galerien, den Kesselraum, das Pfeifengewirr auf der Orgelbühne oder die Turmspitzen durchsucht. Wo würde Quasimodo etwas versteckt haben? fragte sich Isadore.

»Sergeant Isadore!«

Nicht Quasimodo, sondern Commissioner John Lynch kam mit Riesenschritten in die Kirche. Seine Stimme ließ die Bombenräumer erstarren, als hätte ein Regisseur dem Treiben im Filmstudio ein Ende gesetzt.

»Sie haben eine Bombe hier, und Sie haben mich nicht verständigt?«

»Ganz so einfach ist die Sache nicht.«

Isadore und Lynch zogen sich tuschelnd in eine Beichtstuhlecke zurück. Lynch hörte zu und fuhr sich immer wieder nervös mit den Fingern durchs Haar.

»Könnten Sie mir wenigstens das Exemplar zeigen, das Sie haben?« zischte er durch die Zähne.

Beide gingen an der Kommunionbank vorbei zu einem kleinen Raum, in dem Isadore den Zigeuner bei der Arbeit wußte.

»Und was, zum Teufel, treiben Sie hier?!« entfuhr es Lynch beim Anblick Romans.

Sie waren in einem kleinen Wartungsraum neben Killanes Privatsakristei. Büchsen mit Kitt und Spachtelmasse standen am Boden um ein Spülbecken herum. Neben dem Spülbekken ein Ofen, in dem das alte Wachs aus den Votivkerzen geschmolzen wurde. Auf dem Ablaufblech des Spülbeckens eine Dose mit grünem Eisenvitriol und eine zweite mit Salz. Roman bearbeitete mit dem Hammer, den Isadore für ihn beiseite geschafft hatte, die Innenseite der Krone.

»Es ist der Commissioner«, erklärte Isadore und hoffte, Roman würde nicht um eine Antwort verlegen sein.

»Ich versuche...«, begann Roman, als Lynch ihm den Hammer aus der Hand riß.

»Großartig, Sergeant! Sie verlieren eine Krone, und nachdem ich endlich davon unterrichtet werde, muß ich feststellen, daß Sie eifrig dabei sind, eine zweite in ihre Bestandteile zu zerlegen. Sagen Sie, sind Sie wahnsinnig? Geben Sie sofort die Krone her!« befahl er Roman.

»Wollen Sie ihn nicht erst anhören, Commissioner?«

»Der einzige Mensch, den ich anzuhören bereit bin, ist der Kardinal, und zwar sobald ich diese Menagerie hier ausgeräumt habe. Wo steckt dieser Ungar?«

Als Reggel sich zu ihnen in den Raum zwängte, gab Lynch ihm die Krone und berichtete, was mit ihr geschehen war. Reggel reichte sie an Roman zurück.

»Sind Sie etwa auch verrückt?«

Reggel bedeutete Roman, er solle sprechen.

»Ich versuche, Zeit zu gewinnen bis bekannt wird, daß die Heilige Krone gestohlen worden ist. Sergeant Isadore meint, je länger wir das hier als echt ausgeben können, desto eher werden sich die Diebe sicher genug fühlen und die Krone holen kommen. Wir erwarten morgen ein paar Experten, die sich nicht so leicht täuschen lassen werden. Bis dahin nehme ich hier die wichtigsten Restaurierungsarbeiten vor.«

»Mit einem Hammer?«

»Ich weiß nicht, wie scharf Ihre Augen sind, aber mit einem Vergrößerungsglas würden Sie an jedem Kronjuwel Hammerspuren erkennen können. Das Dumme ist nur, daß sich die Werkzeuge der Goldschmiede – Hämmer nicht ausgeschlossen – mit jedem Jahrhundert ändern. Die Hammerspuren an dieser Krone sind die falschen, um acht Jahrhunderte zu spät. Ich habe die spitze Seite des Hammers, den Sie in der Hand halten, so zurechtgefeilt, daß sie die richtigen Spuren hinterläßt.«

»Mit anderen Worten: Sie vervollkommnen die Fälschung.«

»Sie haben die Grundidee begriffen.«

Eins zu null für den Zigeuner, frohlockte Isadore in seinem tiefsten Innern.

»Was haben Sie sonst noch geplant?« Lynch deutete auf den Schmelzofen.

»Die Farbe ist entfernt, eine der Klammern muß noch herausgenommen werden, und eine Generalreinigung könnte des besseren Aussehens wegen nicht schaden. Vielleicht klappt's.« Lynch warf den Hammer auf das Spülbecken.

»Für all das brauchte man sicher eine besser ausgestattete Werkstatt, aber das eigentliche Problem ist doch wohl, daß die echte Krone inzwischen wahrscheinlich schon tausend Meilen von hier entfernt ist. Ist das nicht höchstwahrscheinlich der Fall, Sergeant?«

»Es ist möglich.«

»Möglich? Ich habe Ihren falschen Bombenalarm da draußen gesehen. Wir werden verdammt schnell heraushaben, ob die Krone noch hier ist.« Lynch rieb sich die Hände; er schien sich wieder gefaßt zu haben. »Sergeant, ich gehe jetzt zum Kardinal. Sie bleiben hier und weichen dem Antiquitätenhändler nicht von der Seite. Falls er die Krone noch einmal anrührt, erschießen Sie ihn. Und danach gleich sich selbst.«

Als Lynch außer Hörweite war, nahm Roman den Hammer und machte sich erneut an die Arbeit.

»Machen Sie es sich bequem«, sagte er zu Isadore. »Es wird eine lange Nacht werden.«

Isadore schloß die Augen. »Ich hätte ihn wohl doch früher benachrichtigen sollen.«

Roman bearbeitete das Gold mit der Hammerspitze. »Nun liegt alles in Gottes Hand, wie Killane es von Anfang an gewollt hat.«

Isadore erhob sich müde von dem umgestülpten Eimer, auf dem er sich niedergelassen hatte. Er trat an den Schmelzofen und prüfte die Konsistenz des Vitriols. Die geschmolzenen Kristalle begannen bereits wieder hart zu werden.

»Wenn es so weitergeht, verlieren Sie Ihren eben erst gewonnenen Lehrling durch Hitzschlag.« Isadore löste die zwei oberen Knöpfe seines Hemdes.

Roman warf einen flüchtigen Blick in den Ofen. »Es klappt alles, wie vorgesehen. Nehmen Sie es heraus, und tun Sie es auf eine Weihrauchplatte! Sie finden sie in meiner Jacke.«

»Haben Sie etwa vor, hier zu übernachten?« Isadore hielt eine Zahnbürste hoch, die er mit den Weihrauchstäbchen in der Jacke gefunden hatte.

»Wenn Sie es nicht weitersagen, ja.«

Im Büro des Kardinals hatte Lynch längst vergessen, daß man ihm den Beinamen ›Das Kraftwerk‹ gegeben hatte. Das Kraftwerk saß auf der anderen Seite des Schreibtischs, frisch wie eh und je.

»Haben Sie Ihre Wahl getroffen, Commissioner? Die Priester, die Ungarn oder ich?«

»Sie zu beschuldigen bringt mich bei der Wiederbeschaffung der Krone keinen Schritt weiter. Im Gegenteil, es wäre das Ende meiner Bemühungen.«

»Dann beschuldigen Sie doch die Ungarn, was übrigens durchaus logisch wäre, wenn die Krone verschwunden ist und ich sie nicht aus St. Patrick entfernt habe. Ich kann Ihnen auch sagen, was dann geschehen würde. Diplomatische Beziehungen würden abgebrochen, Kulturaustauschprogramme auslaufen. Amerikanische Touristen werden in Ungarn und anderen Ländern unter fadenscheinigen Vorwänden verhaftet. In den Vereinten Nationen wird ein Antrag auf Verurteilung gestellt. Der Vatikan, auf dessen Veranlassung die Rückkehr der Krone erfolgt, wird sehr peinlich berührt sein. Am Ende werden die USA Millionen an Wiedergutmachung zu zahlen haben. Und das alles würde nicht verhindern, daß unsere Freunde, die Priester, in aller Ruhe wieder herkommen und die Krone aus St. Patrick herausholen.«

Lynch versuchte es von oben herab. »Wir sollten zusammenarbeiten, statt uns gegenseitig zu drohen. Es ist doch lächerlich, daß wir, die wir an der Spitze zweier so großer Organisationen stehen, einander befehden. Eminenz sollten sich zur Zusammenarbeit bereit finden. Ich rede Ihnen nicht in geistliche und kirchliche Dinge hinein, und Sie sollten mich nicht in meinen strafrechtlichen Ermittlungen behindern. Im Moment jedenfalls – so muß ich zu meinem Bedauern feststellen – versuchen Sie, mich zu erpressen. Nehmen Sie mir diese Bemerkung bitte nicht übel!«

»Absolut nicht.«

»Das dachte ich mir. Dann tun Sie mir bitte einen Gefallen: Falls es mir gelingt, die Version von den Priestern, die die Krone hier versteckt haben sollen, zu Fall zu bringen, erbitte ich Ihre Erlaubnis, ein entsprechendes Kommuniqué zu veröffentlichen. Gut. Also, fünf Mann ergehen sich nach Herzenslust in der Kathedrale – in Gegenwart von sechs Geheimagenten aus Reggels Truppe.« Lynch beugte sich über den Schreibtisch. »Der Fußboden der Kirche ist aus Stein. Die Männer tragen Schuhe, nicht etwa Filzpantoffeln. Wie ist es möglich, daß Reggels Leute sie nicht gehört haben?«

Killane drückte auf einen Knopf seiner Sprechanlage und bestellte Kaffee. »Sie brauchen eine Erfrischung«, sagte er zu Lynch. »Natürlich haben sie die Schuhe ausgezogen.«

Roman streute brennenden Weihrauch über das Vitriol, und Isadore erhielt die Aufgabe, Luft zu fächeln.

»Sie machen das großartig«, sagte Roman. »Haben Sie vielleicht schon Erfahrung darin?«

»Wieso? Brauche ich die, wo man mich jetzt hinschickt?«

Das Vitriol brannte mit einer zartrosa Tönung. Roman ließ es abkühlen und stampfte es mit dem Hammer unter Zugabe von Salz zu feinem Staub.

»Kann ich sonst noch etwas für Sie tun?« fragte Isadore höflich, ehe er sich wieder an seinen Ruheplatz begab.

»Wein und eine Feder!«

Isadore rieb sich die tiefumschatteten Augen. »Wein wird es hier sicher geben. Aber eine Feder?«

Er holte einen Becher Meßwein und einen kleinen Haarpinsel. »Die Erlaubnis des Erkennungsdienstes habe ich stillschweigend vorausgesetzt. Am besten, ich hänge mich gleich selbst auf.«

Roman gab den Wein tropfenweise hinzu, bis sich das Vitriolpulver verflüssigt hatte. Mit dem Pinsel strich er die Rezeptur vorsichtig auf das rotgoldene Diadem der Krone. Isadore saß gedankenversunken auf seinem umgestülpten Eimer und fragte sich, wie viele einschlägige Erfahrungen der Zigeuner wohl schon im Hinterzimmer seines Antiquitätenladens gesammelt haben mochte.

»Seien Sie ehrlich, Roman, wie schaffen Sie es, immer genau das zu besorgen, was Ihre Kunden wünschen?«

»Ganz ehrlich, Sergeant, läßt sich das nur in Romani beantworten.«

In gewisser Weise, das mußte Isadore zugeben, ergab die

Antwort sogar einen Sinn. Er knöpfte sein Hemd auf, während Roman die feuchte Krone in den Ofen schob. Der Schlaf lastete auf Isadores Lidern. Er fischte in seiner Jackentasche nach einer Wachhaltepille. Als er seine Hand hervorzog, tropfte sie von einer geschmolzenen Tafel Schokolade. Ein brauner Fleck breitete sich auf seinem Jackett aus.

»Tage gibt's...«

Feiner Dampf erhob sich von der trockenen Krone, als Roman sie aus dem Ofen zog. Er reinigte sie mit der Zahnbürste und schob sie noch einmal in den Ofen. Nach kurzer Zeit nahm er sie wieder heraus und wickelte sie zum Abkühlen in ein Leinentuch.

Ein Klopfen an der Tür ließ Isadore zusammenfahren. Er wischte seine Finger ab und knöpfte sein Hemd zu. Draußen stand der Leiter des Bombenräumkommandos.

»Nägel, Münzen, eine Nagelschere. Aber keine Bombe. Soll ich den Commissioner verständigen?«

»Es gibt doch auch nichtmetallische Bomben?« versuchte Isadore ihn hinzuhalten.

»Klar, Gelatine. Aber auch die hätten wir gefunden, wenn es hier eine gäbe. Wir haben sogar in die Kameras in der Taufkapelle hineingeschaut.«

»Kameras?«

»Ja, die von den Ungarn konfisziert wurden.«

Isadore war schon durch den Mittelgang enteilt.

Reggel erreichte den Glockenstuhl des Nordturms. Er sprengte die versperrte Tür, indem er den Griff eines Metalldetektors als Brechstange benutzte. Der Strahl seiner Taschenlampe strich über die neunzehn Glocken. Die größte – St. Patrick mit Namen – wog drei Tonnen. Die kleinste – St. Godfrey – war nicht einmal mannsgroß. Im Dunkeln sahen die Glocken aus wie unförmig aufgeblühte Nachtblumen.

Und die Nacht war erst halb vorüber.

# 17

Die kleine Uhr stand unübersehbar mitten auf Killanes Schreibtisch. Es war zwei Uhr morgens.

»Wenn die Krone aus der Krypta gestohlen wurde, ist sie mittlerweile seit vierundzwanzig Stunden verschwunden«, faßte der Kardinal zusammen. »Vierundzwanzig Stunden – und keiner weiß wohin. Wenn sie nicht mehr in St. Patrick ist, werden Sie sie heute nacht nicht wiederfinden, auch nicht in einer Woche oder in einem Monat.«

»Stimmt das?« Diese Frage wurde vom stellvertretenden Bürgermeister an Lynch gerichtet. Er hatte seine eigene Werbeagentur stehen- und liegenlassen, um die Kampagne für die Wahl des Bürgermeisters zu organisieren. Im wesentlichen bestand seine Aufgabe darin, alles zu verhindern, was die Wiederwahl seines Vorgesetzten in Frage stellen konnte. Da er es sich nicht hatte nehmen lassen, schon zehn Minuten nach Lynchs Anruf an Ort und Stelle zu sein, war sein Gesicht noch vom Schlaf gezeichnet und seine moderne Messerschnittfrisur zerzaust.

»Natürlich stimmt es. Die Krone wurde vor mindestens vierundzwanzig Stunden gestohlen. Unsere einzigen Kontrollmöglichkeiten gegenüber Reisenden bestehen an den Flughäfen, und die werden selbst von Amateuren unter den Flugzeugentführern immer wieder durchbrochen.«

»Haben Sie das Kunstdiebstahls-Kommando eingesetzt?«

»Es gibt kein Kunstdiebstahls-Kommando. Eine Gruppe Zivilpolizisten hat seinerzeit den Diebstahl des ›Sterns von Indien‹ bearbeitet; das war vor zehn Jahren, aber die Gruppe ist bei der Umorganisierung aufgelöst worden.«

Der Vertreter des Bürgermeisters goß sich neuen Kaffee in die Tasse und zündete sich eine Zigarette an. »Wieviel Schuld trifft uns in dieser Sache, Jack?« fragte er Lynch.

»Die Ungarn waren für alles, was innerhalb der Kirche geschehen ist, verantwortlich, aber trotzdem lag die Gesamtverantwortung bei uns.«

»Und dieser ungarische Offizier will, daß wir das Spiel mitmachen und das Verschwinden der Krone verheimlichen.«

»Weil er die Angelegenheit durch die Brille des Fanatikers sieht – soviel habe ich schon festgestellt.«

»Aber das ist nebensächlich.« Der zweite Bürgermeister dachte an seinen ersten Bürgermeister, der im Augenblick in den chilenischen Anden den Schlaf des Gerechten schlief. »Worauf es uns ankommt, ist doch, daß die Ungarn die Verantwortung für die Heilige Krone hatten, als sie gestohlen wurde. Wenn wir nun seiner Bitte nicht nachkommen, fällt die Verantwortung auf uns zurück. Aber unsere Chancen, das Ding wiederzufinden, stehen wohl nicht sehr gut.«

»Weil ich die Geschichte von den Priestern für absoluten Quatsch halte. Und wenn jeder von ihnen vier Arme hätte, wie sollten sie wohl eine Krone vor den Augen von fünftausend Menschen stehlen?«

»Dann waren es entweder die Ungarn oder ich«, schloß Killane.

Der Bürgermeister-Stellvertreter drückte umständlich seine Zigarette aus. »Sie sagten, daß der Sergeant da drüben Filmmaterial in konfiszierten Kameras gefunden hat. Wie lange wird es dauern, bis die Filme entwickelt sind?«

»In einer Stunde könnten sie hier sein.«

»Eine Stunde! Am liebsten würde ich alles den Ungarn überlassen, dann würde es so aussehen, als ob wir nur ihnen zuliebe nichts unternehmen. Aber Sie haben natürlich recht, Jack. Wenn die Krone nicht mehr hier ist, müssen wir notgedrungen anderswo mit der Suche beginnen. Wenn je eine Verwaltung sich nicht in die Angelegenheiten der Polizei eingemischt hat, dann unsere.« Er wich dem Blick des Kardinals verschämt aus. »Nun, Sie werden wohl noch eine Stunde warten können. Wenn Sie bis dahin die Krone hier nicht gefunden haben, machen Sie weiter! Ich werde unterdessen das Feld räumen, ehe die Reporter Wind bekommen, daß ich hier bin, und mich fragen, warum der Bürgermeister ausgerechnet in einem kommunistischen Land Urlaub macht. Dabei habe ich ihm von Anfang an abgeraten.«

In Romans kleiner Behelfswerkstatt lag die gefälschte Krone trocken und unbedeckt auf einem Leinentuch. Roman arbeitete am Spülbecken. Er zermahlte Holzkohle zu feinem Pulver, das der Krone den letzten Glanz verleihen sollte. Die Tür ging auf und wieder zu, und am Schritt erkannte Roman, daß Isadore wieder da war. Der Polizist versenkte sich mit gefurchter Stirn in den Anblick der Krone.

»Ich sehe da keinen großen Unterschied. Allerdings bin ich kein Experte«, sagte er.

Isadore lehnte sich mit dem Ellbogen an die Wand und stützte den Kopf in die Hand. Roman siebte den schwarzen Staub durch ein feuchtes Tuch. Dann wrang er das Wasser heraus, ballte das Tuch zu einem Knäuel in der Faust und fing an, die Krone abzureiben.

»Wissen Sie, Roman, mir geht da eine ganz andere Theorie durch den Kopf. Nehmen wir einmal an, der Mann, der den Auftrag bekommt, sich um die Krone zu kümmern, weil er sich in Kronjuwelen gut auskennt, ist ein Verbrecher. Während der Ausstellung kommt er plötzlich daher und behauptet, die echte Krone sei verschwunden und durch eine Fälschung ersetzt worden. Er schneidet sogar ein Stückchen aus der Krone heraus, und das Gold enthält irgendeine Substanz, die es eigentlich nicht enthalten sollte. Nur schneidet unser Verbrecher die Goldprobe nicht wirklich aus der Krone heraus, sondern er tut nur so als ob und drückt den Umstehenden einen Goldsplitter in die Hand, den er vorher zwischen seinen geschickten Fingern versteckt hatte. Nachdem erst alle überzeugt sind, läßt man ihn die Krone restaurieren. Jeder glaubt, er bearbeite eine Fälschung so, daß sie echter wirkt; in Wirklichkeit bearbeitet er die echte Krone so, daß sie wie eine Fälschung aussieht.«

Roman wusch die Holzkohle von der Krone und trocknete sie ab. »Warum sollte er das tun?«

»Weil Fälschungen nicht so gut bewacht werden wie echte Kronen. Beweisstücke gehen alle Tage verloren, darüber regt sich kaum jemand mehr auf. Wenn dann die Krone wieder in die Hände desselben Mannes gelangt bedarf es nur noch einer kleinen Restaurierung, und – Abrakadabra! die Heilige Krone ist wieder da. Alles, was man dazu braucht, ist ein mit allen Wassern gewaschener Typ und ein bißchen Geduld. Was halten Sie von meiner Idee?«

Der Zigeuner hämmerte ein Stück Kreide zu weißem Staub. »Sie ist so gut wie jede andere, die ich bisher gehört habe.«

»Mehr haben Sie dazu nicht zu sagen?«

»Wollen Sie wissen, was an Ihrer Idee wirklich komisch ist?« Während Roman erzählte, rieb er das Kreidepulver auf die Krone und gab ihr so strahlenden Glanz.

Reggel stellte die Fälschung auf Killanes Schreibtisch. Es war drei Uhr morgens, und die Filme waren noch nicht gebracht worden.

»Ich fürchte, ich habe mich geirrt«, sagte Killane. »Kapitány, würden Sie bitte den Botschafter anrufen und ihn über die Lage informieren?«

»Wollen wir nicht wenigstens noch die Filme abwarten?« fragte Isadore.

Lynch gab keine Antwort, und Isadore legte die Hand auf den Telefonhörer.

»Aus dem Weg, Sergeant!«

»Hören Sie nur noch zwei Minuten lang zu! Kommen Sie, Roman, erzählen Sie, was Sie mir erzählt haben!«

»Ich habe nur gesagt, wenn Sie Ihre spektakuläre Fahndungsaktion in Gang bringen, wird es keine Stephans-Krone mehr geben, auch dann nicht, wenn Sie sie ohne jeden Kratzer zurückbekommen.«

»Erklären Sie das!« verlangte Killane.

»Sie dachten, ich sei Andos gegenüber grausam gewesen. Sergeant Isadore hielt es für einen Versprecher, als ich sagte, die Hammerspuren wichen um acht – nicht um zehn – Jahrhunderte von den richtigen ab. Ich habe mich nicht versprochen. Die Heilige Krone von Ungarn ist eine Fälschung.« Roman lächelte. »Nein, ich meine nicht die Krone hier auf dem Tisch. Ich meine die Heilige Krone, für die alle so begierig zu sterben bereit sind. Sehen Sie hier!«

Reggel trat schützend vor die Fälschung auf dem Tisch, aber Roman war schneller.

»Diese Fälschung ist gut genug für eine Demonstration. Andos sagte, die obere Hälfte stamme von der ursprünglichen Krone, während die untere Hälfte König Geza gehört habe. Nun, meine Herren, sehen Sie selbst!« Roman trat hinter Lynch und setzte ihm die Krone auf den Kopf. Sie sank bis auf die Schultern. »Ihr Kopf ist sicherlich nicht besonders klein, Commissioner. Die Krone ist weder für Geza noch für irgendeinen anderen Mann gemacht worden. Sie war für eine Frau bestimmt, und sie mußte groß genug sein, um ihre Frisur darin unterzubringen. Die Steine sind die einer Frau: Saphir als Zeichen der Keuschheit, Perlen als Zeichen der Bescheidenheit. Vielen Dank.« Er nahm die Krone von Lynchs Kopf. »Eine gewöhnliche Frauenkrone aus der königlichen Werkstatt zu Regensburg. Im 12. Jahrhundert, hundert Jahre nach Gezas Tod, wurden davon vermutlich fünfzig Stück hergestellt.«

»Die obere Hälfte stammt von der Stephans-Krone, Mr. Grey«, erinnerte der Kardinal. »Allein das ist wichtig.«

»Das ist das Faszinierende an der Sache, Eminenz. Die Bügel aus Rotgold stammen weder von der Krone des heiligen Stephan noch von der eines anderen Heiligen. Wer weiß denn, was mit der Krone des heiligen Stephan geschehen ist oder wie sie ausgesehen hat? Sie verschwand nach seinem Tode. Aber etwa dreihundert Jahre später muß jemand – aus politischen oder religiösen Gründen – den Entschluß gefaßt haben, eine neue Krone fertigen zu lassen. Sie können verstehen, daß jemand, der die Krone des heiligen Stephan besaß, einen Vorsprung im Rennen um den Thron hatte. Das Problem war nur, daß er seine Fälschung nicht aus irgendeiner bekannten Krone herstellen konnte. Ebenso unmöglich war es, eine neue Krone in Regensburg in Auftrag zu geben. Er verfiel auf eine geniale Lösung. Niemand würde die goldenen Zierbänder eines Bibeleinbands erkennen, nachdem sie zu Bügeln für die Stephans-Krone zurechtgebogen worden waren. Es war gewiß keine perfekte Lösung, denn die flachen Zierbänder hatten kleine Emailplaketten, die beim Biegen Risse bekamen und die Bänder beschädigten. Aber wenn man ein Kreuz obenauf setzt und das Ganze auf ein Damendiadem montiert, was kommt dabei heraus? Die Krone des heiligen Stephan, die größte Fälschung der Geschichte. Ein voller Erfolg. Weniger jedoch für den Fälscher, denn der wurde nach getaner Arbeit umgebracht. Als die Zigeuner von Ungarn nach ganz Europa auszogen, brachten sie die Geschichte mit, daß alle Zigeuner zur Wanderschaft verurteilt seien, weil einer ihrer Schmiede die Nägel zu Jesu Kreuzigung gemacht hatte. Eine andere Geschichte besagte, daß es ein Rom war, der aus einer Bibel eine Krone fertigte. Blasen Sie also getrost zur großen Hetzjagd, Commissioner, aber hoffen Sie, daß Ihnen kein Erfolg beschieden sein möge. Denn wenn die echte Krone wiederauftaucht, wird sie nicht nur den Augen der Experten standhalten müssen, sondern allen möglichen neuzeitlichen Echtheitsprüfungen mit Spektrographen und Karbon 14, und diese Prüfungen werden nichts anderes ergeben, als was ich Ihnen jetzt gesagt habe. Und dann werden Sie feststellen: die Heilige Krone Ungarns zu verlieren ist *eine* Sache, den Ungarn beizubringen, daß ihr kostbarstes Symbol ein mittelalterlicher Schwindel ist, nicht mehr wert als diese Fälschung da – 10000 Dollar an Gold und billigen Steinen – eine andere.«

Der Antiquitätenhändler, dunkle Bartstoppeln im Gesicht und mit schweißverklebtem Hemd, stellte die Krone mit elegantem Schwung in die Mitte des Schreibtischs. Killane und die anderen betrachteten die krummen Bügel und das schiefe Kreuz der Imitation mit neuen Augen.

Es klopfte an der Tür, und Isadore kam mit den soeben abgelieferten Filmen zurück.

»Nichts als Hinhaltetaktik«, stellte Lynch fest.

Isadores Fund bestand aus Schwarzweißabzügen, Diapositiven und zwei Acht-Millimeter-Filmen, die am zweiten Tag der Ausstellung beschlagnahmt worden waren. Alles war nach Besitzern getrennt verpackt.

Die Papierabzüge zeigten anonyme Personen vor den Sehenswürdigkeiten der Stadt: UN-Gebäude, Radio City, Rokkefeller Center, Fassade der St.-Patricks-Kathedrale. Winkend, Grimassen schneidend. Auf einem Bild war die Krone vor dem Altar zu sehen, aber es war unscharf.

Die Diapositive brachten weitere unbekannte Gesichter. Interieurs von Hotelzimmern. Eine Teleaufnahme, auf der sich die Madison Avenue wie eine Riesenschlange dahinwälzte. Plötzlich eine Nahaufnahme des Haupteingangs von St. Patrick. Die Heilige Krone zwischen Köpfen hindurch. Ein Schnappschuß durchs Teleobjektiv mit der Krone, leuchtend wie auf einem Gemälde von Caravaggio. Eine andere Aufnahme vom Altarraum, der plötzlich von Priestern wimmelte.

»Das ist die Abendmesse, und zwar genau die richtige«, sagte Isadore. »Und das sind die falschen Priester.«

»Beobachtet von mehreren tausend Augenpaaren.« Lynchs Stimme klang in der Dunkelheit interessierter, als Isadore zu hoffen gewagt hatte.

Das Bild eines fast kahlköpfigen Priesters beim Besteigen der Kanzel. Das nächste Bild war schwarz wie auch alle folgenden.

»Hier muß die Kamera konfisziert worden sein.« Isadore stellte den Diaprojektor auf den Boden und baute den Filmprojektor auf. Das Licht ging wieder aus.

Die Szene spielte in einem Hotelzimmer, die Darsteller waren zwei junge Paare. Das beherrschende Motiv war fleischfarben. Eines der Mädchen war naturblond. Die vier Akteure agierten pausenlos. Die Zuschauer im Kardinalsbüro rutschten auf ihren Stühlen hin und her, allerdings mit weit weniger Fantasie als die Darsteller im Film.

»Das erklärt wohl auch, warum dieser Mann seine Kamera nicht abgeholt hat«, bemerkte Lynch. »Können Sie den Film nicht schneller durchlaufen lassen, Sergeant?«

Isadore schaltete um. »Immerhin haben wir den Film in der Kirche beschlagnahmt. Eigentlich müßte also noch etwas aus der Kirche kommen«, hoffte er verbissen.

Körper prallten zusammen, trennten sich wieder wie zwei, drei, vier applaudierende Hände. Stumm, endlos. Roman widerstand dem inneren Drang zu fragen, was denn der amerikanische Rekord in dieser Disziplin sei. Die allgemeine Verlegenheit ließ ihn Abstand nehmen. Der Film enthielt nicht eine einzige Einstellung aus der Kirche.

»Ich muß um Verzeihung bitten, Eminenz«, sagte Lynch, nicht ohne hinzuzufügen, daß seiner Meinung nach die Leute von außerhalb der Stadt kommen müßten. Roman warf Isadore einen schrägen Blick von der Seite zu. War es möglich, daß der New Yorker Polizeichef einen verborgenen Sinn für Humor besaß?

Isadore legte die zweite Filmspule ein. Schon das erste Bild zeigte eine Außenansicht der Kathedrale. Die Kamera verweilte auf jeder einzelnen Linde und Ulme neben der Kirche und auf den grünen Inseln neben den Strebepfeilern. Dann ging es ins Innere der Kirche hinein: Die Priester hielten Einzug in den Altarraum. Der Film war in Anbetracht der ungewöhnlichen Lichtverhältnisse von erstaunlich guter Qualität. Krone und Priester waren deutlich zu erkennen. Isadore schickte ein Stoßgebet zum Himmel: »Hoffentlich nimmt ihm keiner die Kamera weg!«

Der Kameramann schien die ganze Abendmesse in eine Filmspule zwängen zu wollen; die Höhepunkte waren sorgsam ausgewählt. Isadore kannte den Typ: Jemand, der seine Heimkinofilme mit echten Zwischentiteln zu versehen pflegte. Die Meßfeier zog in raschen Sprüngen am Betrachter vorbei – ein Schnitt zu Beginn der Predigt, sobald der Priester den Mund geöffnet hatte. Die Gläubigen schritten zur Kommunionbank. Ein Priester nahm die Hostie. Hinterköpfe in Großaufnahme und ein Kelch, der an ihnen vorbeigetragen wurde. Ein anderer Priester brachte einen neuen, vollen Kelch herbei.

»Da! Noch einmal zurück!« Lynch war aufgesprungen.

Isadore ließ den Film rückwärts laufen und begann noch einmal an der Stelle, wo der Hostienkelch an der Kommunionbank vorbeizog. Während der erste Priester den leeren Kelch zum Altar zurücktrug, kam ein zweiter mit einem vollen Kelch nach vorn. Die Kamera schwenkte zur Seite und sofort wieder zum Altarraum zurück.

»Was ist denn da passiert?«

»Jemand hat seinen Arm angestoßen«, vermutete Isadore.

»Nein, nein«, sagte Reggel. »Ich erinnere mich. Es gab einen Zwischenfall am Broschürenstand. Es war im Nu vorüber, und der Mann wurde vor die Tür gesetzt.«

»Richtig«, erinnerte sich auch Isadore. »Er behauptete, zu wenig Wechselgeld herausbekommen zu haben, aber draußen mußte er dann zugeben, daß er sich geirrt hatte.«

Ein drittes Mal, Bild für Bild. Einer der Priester geht von der Kommunionbank, der andere vom Altar. Die Krone, durch zwei kreuzbestickte Rücken dem Blick entzogen. Ein Seitenschwenk. Die leeren Chorstühle. Das Querschiff. Chorstühle. Der näher kommende Priester. Die Krone zwischen den beiden Priestern, jeder von ihnen einen Schritt an ihr vorbei. »Noch einmal! Können Sie es nicht etwas größer bekommen?« Isadore rückte den Projektor näher an die Wand. Erneute Wiederholung. Die Priester setzen sich in Bewegung. Die Ellbogen desjenigen, der zum Altar hinaufschreitet, die Finger seiner linken Hand oben auf dem Kelch.

»Was macht er da?«

»Er bedeckt den Kelch mit einem Leinentuch«, beantwortete Killane Lynchs Frage.

»Wie lange?«

»Im Film wirkt alles etwas schneller«, erklärte Isadore. »Ungefähr zwei Sekunden Ablenkung. Hätte jemand in den Chorstühlen gesessen, er hätte es sehen müssen.«

»Und die Leute an der Kommunionbank?« fragte Roman. »Warum die nicht?«

»Haben Sie schon einmal Menschen beim Kommunizieren gesehen?« fragte der Kardinal zurück. »Entweder senken sie den Kopf oder legen ihn zurück. Keiner schaut nach vorn.«

Und noch einmal. Inzwischen waren sie alle fast so weit, daß sie den erbosten Aufschrei im hinteren Teil der Kathedrale zu hören und den Kelch in der rechten Hand zu sehen glaubten, wie er sich auf die Krone zubewegte, das Gold in der silbernen Öffnung verschwand, die linke Hand die Imitation an den richtigen Platz stellte, die steifen, bestickten Meßgewänder ins Bild rückten, wieder auseinanderstrebten, den Blick auf eine neue Krone freigaben und das kaum beunruhigte Auge wieder besänftigten. Reggel starrte noch wie gebannt auf die Leinwand, als das Licht längst angegangen war.

»Dazu gehören Nerven«, gab Isadore neidlos zu.

»Und Planung.« Lynch trat an den Schreibtisch und sah auf die Uhr. Es war vier Uhr morgens. »Was brauchte er dazu alles? Baupläne, Schlüssel, eine Liste der als Gäste erwarteten Priester...«

»Einen toten Negerjungen«, warf Isadore ein.

»...Verkleidungskunst und ein simples Ablenkungsmanöver«, schloß Lynch seine Aufzählung ab. »Alles wahrscheinlich schon gründlich durchdacht, bevor die Krone überhaupt herkam. Und die Krone konnte nicht aus der Kirche herausgeschafft werden, aber wir können sie nicht finden. Das nenne ich saubere Arbeit!«

»So sauber nun auch wieder nicht«, schaltete sich Roman

ein. »Immerhin ist der Versuch, Reggel und mich von der Straße zu drängen, gescheitert.«

»Ein kleiner Schönheitsfehler, wenn man den genialen Gesamtplan betrachtet.«

»So würde ich es nicht sehen. Warum sollte ausgerechnet Kapitány Reggel aus dem Weg geräumt werden? Hinzu kommt noch ein weiterer Fehler: die Imitation. Nicht, daß es eine schlechte Imitation ist, aber daß es überhaupt eine gibt.«

Der Ungar wandte sich erst jetzt von der Leinwand ab.

»Die Imitation, Reggel.« Roman schüttelte traurig den Kopf. »Kein Fälscher kann nach Abbildungen arbeiten; er braucht die echte Vorlage. Aber wie war das möglich, wenn die Heilige Krone seit hundert Jahren unter Verschluß gehalten wurde? Sehen Sie, das ist die Frage, die ich von Ihnen erwartet hätte. Aber Sie haben sie nie gestellt.«

Reggel setzte sich Roman gegenüber. Er streckte die Hand aus, und Roman gab ihm seine Zigarette. Reggel nahm einen tiefen Zug.

»Sie glauben also, der Zeitpunkt sei gekommen?« fragte er.

»Wenn es nicht schon zu spät ist.«

Reggel gab die Zigarette zurück.

»Es ist nicht zu fassen. Da warte ich nun all die Jahre, all die vielen Jahre, und ich habe ihn nicht erkannt.« Fast hätte er laut aufgelacht. »Der Priester in dem Film... der die Krone gestohlen hat, ist ein Mann namens Odrich.«

Isadore reagierte als erster. »Das müssen Sie mir buchstabieren.«

## 18

»Was hätte ich sagen sollen! Daß ich ein Kriegsheld der Nazis war? Daß ich von der Existenz einer Kopie wußte? Daß ich selber sie von jüdischen Gefangenen hatte anfertigen lassen? Oder einfach nur, daß man sich vor meinem alten Freund in acht nehmen müsse, daß er ein Mörder und ein Dieb sei? Wie sollte ich es Amerikanern klarmachen, daß Ungarn ihnen nichts schuldet, ihnen nie etwas geschuldet hat? Man hat uns nach dem Ersten Weltkrieg drei Viertel unseres Landes genommen und sich gewundert, wie wir uns das Land von Hitler zurückgeben lassen konnten. Die gewaltsame Annexion der Tschechoslowakei und Rumäniens? Es war unser Land! Die Deutschen verlangten von uns nicht mehr als dreizehn Divisionen für die Ostfront. Ich meldete mich freiwillig, als achtzehnjähriger Leutnant. Ich mußte mit ansehen, wie die 2. Ungarische Armee zwischen Woronesch und Stalingrad aufgerieben wurde. Deutsche, Ungarn, Italiener, Spanier ... in Luft aufgelöst. Ich kam mit dem Leben davon, und dafür gaben sie mir Orden und Ehrenzeichen und versetzten mich in eine deutsche Kompanie. Und da traf ich Eric Odrich.«

»Als was?«

»Als Kompaniechef. Hauptmann mit einundzwanzig Jahren. Aristokratischer Herkunft wie ich, ob Sie's glauben oder nicht. Aber er war in England zur Schule gegangen und – was noch wichtiger ist – auf der Ordensburg gewesen. Sie kennen die Ordensburgen?«

Ratlose Gesichter ringsum.

»Nun, die Ordensburgen waren Hitlers später Wiederaufguß der germanischen Ritterburgen. Im Mittelpunkt standen Fechten, Bergsteigen und natürlich die wissenschaftliche Untermauerung des Herrschaftsanspruchs der germanischen Rasse über die Slawen. Ein Sechsjahreskurs, den Odrich in vier Jahren absolvierte. Er war der geborene Führer, wie Sie sehen.«

Reggel machte eine Pause, um sich von Roman eine neue Zigarette geben zu lassen. Isadore starrte unbewegt vor sich hin.

»Während der Katastrophen der ersten Rückzugsmonate kamen wir einander sehr nahe. Eric war ein Mann, der allen Bewunderung abnötigte. Als man ihn dann von der Front zum Alpenkorps versetzte, wo er die frische Luft der Etappe genießen durfte, nahm er mich mit. Wir blieben ein Jahr zusammen, bis Budapest alle erreichbaren Offiziere zum Kampf gegen die Russen zurückbeorderte. Unsere nächste Begegnung fand erst im Sommer 1943 in Budapest statt. Nach seiner Uniform hielt ich ihn für einen SS-Mann, aber er war Oberst im Einsatzstab von Reichsleiter Rosenberg. Rosenbergs Gruppe hatte die Sicherung der europäischen Kunstschätze zur Aufgabe. In besetzten Ländern wie Frankreich hieß das Konfiszierung. In verbündeten Ländern wie Ungarn jedoch beschränkte sich Odrich darauf, den Kunstbestand zu katalogisieren und zu kopieren. Ich gehörte damals dem Sonderkommando an, das die Heilige Krone zu schützen hatte. Ich ließ mich von ihm überzeugen, daß es ratsam sei, eine Kopie der Krone herstellen zu lassen, und ich erwirkte das Einverständnis der übrigen Mitglieder unseres Sonderkommandos. Ich suchte und fand die jüdischen Gefangenen, die mit der Herstellung der Kopie beauftragt wurden. Odrich machte sie zu Sonderbeauftragten des ›Kunstschutzes‹. So wie andere Künstler für den ›Kunstschutz‹ eine kaum vom Original zu unterscheidende Kopie des Bayeux-Teppichs im Louvre angefertigt hatten, so sollten auch die Juden ihre Freiheit zurückgewinnen, indem sie das Nationalsymbol der Ungarn neu schufen. Unsere Arbeit machte gute Fortschritte, während ringsum der Krieg verlorenging. Dann kam der neuerliche Rückzug, als die Russen Budapest einkreisten. Zwanzig geschlossene Güterwagen mit den bedeutendsten ungarischen Kunstwerken wurden nach München in Bewegung gesetzt. Odrich hatte die Aufgabe, uns und die Heilige Krone an einen sicheren Ort in der Schweiz zu führen. Wem war bei dem überstürzten Aufbruch schon aufgefallen, daß er die Juden hatte umbringen lassen? In derselben Nacht verließen wir das Schloß in den letzten drei Panzerwagen der ungarischen Armee und zwei SS-Fahrzeugen unter Odrichs Kommando. Wir kamen nicht weit. Am nächsten Tag wurden wir von amerikanischen Tieffliegern unter Beschuß genommen und eines der deutschen Fahrzeuge zerstört. In dem liegengebliebenen Wrack befanden sich 50000 amerikanische Dollar. Sie sehen, mein guter alter Freund Odrich wollte die Heilige Krone verkaufen. Die ›Kunstschutz‹-Kopie sollte von uns zu Rosenberg gebracht werden, während Odrich mit der echten Krone den Käufer aufsuchte. Das alles erfuhren wir, nachdem wir Odrichs Wagen umstellt hatten. Er versuchte, uns an seinem Geschäft zu beteiligen, und es gelang ihm auch, ein Mitglied des Kommandos auf seine Seite zu ziehen, einen Mann namens Martinovics, den jüngeren Bruder eines in dieser Stadt lebenden bekannten Emigranten. Dann kamen die amerikanischen Flugzeuge zurück. Odrich durchbrach – mit beiden Kronen – unsere Absperrung. Ich saß als erster hinter dem Steuer eines Wagens und fuhr ihm nach. Die Flugzeuge verfolgten uns und trieben uns über die Straßen vor sich her. Ich weiß nicht, ob ich oder die Flugzeuge ihn erwischt hatten, jedenfalls überschlug sich sein Wagen. Wir bargen die Heilige Krone – in zwei Hälften, das Ober- vom Unterteil getrennt – und töteten alle Deutschen und Martinovics. Alle außer Odrich. Er war mit der Kopie der Krone verschwunden. Er war hereingefallen. Er hatte die falsche Krone mitgenommen.«

Es war fast sechs Uhr. Das erste Licht der Dämmerung drang durch die Fenster. Reggels Stimme war heiser vom Rauchen.

»So, sind Sie nun klüger als zuvor?« fragte er.

»Sie hätten uns eher davon erzählen sollen. Es hätte uns weitergeholfen«, sagte Isadore.

»Wie denn? Er hat eine Predigt gehalten, und ich habe ihn nicht erkannt.«

»Und wieso jetzt?« beharrte Isadore.

»Als Sie das Bild vergrößerten, sah ich das triumphierende Lächeln.«

Lynch machte der Träumerei ein Ende. »Dreißig Jahre lang hat Odrich demnach die Krone aufbewahrt, um die echte Krone stehlen zu können? Was hat er in der Zwischenzeit gemacht?«

»Jeder findet zu seiner Berufung. Ich wurde so etwas wie ein Polizist. Odrich hatte eine englische Erziehung, er hatte Geschmack, er war von den Nazis ausgebildet: Er wurde Kunstdieb.«

»Ich habe nie von ihm gehört.«

»Hier bei Ihnen stiehlt man halt Aktienzertifikate«, sagte Reggel nachsichtig.

Das Telefon klingelte. Killane hob ab und reichte den Hörer an Lynch weiter, der ein paar Sekunden lang sprach und dann auflegte. »Es sieht so aus, als ob er diesmal mit der echten Krone entwischt ist«, sagte er zu Reggel. »Das Bombenräumkommando schwört, daß in St. Patrick weder eine Bombe noch irgend etwas anderes verborgen ist.« Seine Hand ruhte auf dem Hörer, bereit, ihn abzuheben. Weder der stellvertretende Bürgermeister noch die ungarische Mission hatte einen Anruf erhalten, und es lag nun kein Grund mehr vor, den Botschafter nicht zu verständigen. »Nun, Kapitány?« Lynch schob Reggel das Telefon hin.

»Fälschungen.« Isadore beobachtete die tanzenden Stäubchen in den Strahlen der ersten Morgensonne. »Fälschungen, wohin man sieht. Die Kronen. Die Priester. Die Art, wie der Junge ums Leben kam. Wieso sollten wir ihnen jetzt plötzlich Glauben schenken?«

Lynch wartete, den Telefonhörer in der Hand.

»Alles, was sie tun, ist Täuschung«, fuhr Isadore fort. »Ein einziges großes Ablenkungsmanöver. Und sie haben Erfolg damit. Wir können Schein und Wirklichkeit schon nicht mehr unterscheiden. Odrich war in der Messe und hat den Austausch vorgenommen. Ein paar Stunden später kommt er wieder zurück und nur aus einem Grund: weil er die Krone vorher nicht aus der Kirche hinausschaffen konnte. Er und seine Freunde halten sich eine halbe Stunde lang in der Kirche auf und gehen dann wieder. Am nächsten Tag durchsuchen wir die Kirche und können die Krone nicht finden. Wieso eigentlich glauben wir, die Krone sei verschwunden? Er mußte beim Verlassen der Kirche den gleichen Detektor passieren wie zwei Stunden vorher, und eines ist absolut sicher: Wenn es möglich gewesen wäre, die Krone hinauszuschmuggeln, hätte er es gleich beim erstenmal gemacht. Nein, die Krone ist nicht verschwunden. Wir können sie nur nicht finden.«

Lynch rieb sich die brennenden Augen. Schließlich legte er den Hörer auf die Gabel.

»Es ist Ihre Krone, Reggel. Was wollen Sie tun?«

»Der Zigeuner wird den Experten Sand in die Augen streuen. Wir können die Imitation weiter ausstellen, und nach außen hin nimmt alles seinen planmäßigen Verlauf.«

»Die Tatsache, daß der Polizeichef der Stadt die ganze Nacht in meinem Büro zubringt, wird man kaum als planmäßig bezeichnen können«, gab Killane zu bedenken. »Es ist anzunehmen, daß Odrich die Kirche beobachten läßt.«

»Ich weiß, ich weiß.« Lynch nahm die falsche Krone vom Tisch und betrachtete nachdenklich die Heiligenbilder. »Könnten Sie irgend etwas zusammenbasteln, das wie eine Bombe aussieht?« fragte er Roman.

»Würden Sie sie finden?«

## 19

Auf dem Aussichtsdach des RCA-Gebäudes schwenkten Jungen die schweren Münzfernrohre wie Maschinengewehre und richteten ein Blutbad an, das von Jersey City bis Wall Street reichte. Die Eltern zählten derweil ihr Kleingeld. Roman stand allein abseits. Die Aufzugtüren öffneten sich, und neue Schaulustige drängten auf das Dach hinaus, unter ihnen ein grinsender Isadore.

»Geschafft! Man hat Ihre Fälschung geschluckt.«

»Tatsächlich.«

»Nun ja, der eine oder andere unter den Experten meinte zwar, die Krone sehe fast zu gut aus, aber vielleicht war es besser, daß Sie nicht dabei waren. Allerdings haben Sie auch etwas verpaßt. Ich war richtig stolz. Kommen Sie jetzt wieder nach unten?«

»Warum sollte ich? Wo ich endlich das vollkommene Versteck gefunden habe.«

»Vor wem?«

»Vor Ihnen – bis vor einer Minute. Und vor Reggel und dem Kardinal. Nach Hause gehen kann ich auch nicht, weil da Dany und Kore auf mich warten und ich sie nicht länger belügen kann.«

Eine Seemöwe schaukelte im Aufwind von der hundert Stockwerke tiefer gelegenen Straße. Ihre Flügel waren schmutzverkrustet, und der Kopf ruckte von einer Seite zur anderen, immer auf der Suche nach einem Bissen für den ewig hungrigen Magen.

»Sergeant, wußten Sie schon, daß Ungarn die höchste Selbstmordrate in der Welt zu verzeichnen hat? Reggel ist auf dem besten Wege, die Ziffer noch weiter in die Höhe zu treiben, und Sie und Killane helfen ihm dabei nach Kräften. Ich habe nicht die Absicht.«

»Selbstmord? Wir haben es mit einem Mörder zu tun. Da, sehen Sie!« Er reichte Roman ein mit der Maschine beschriebenes Blatt. Roman las:

»Erich Odrich, auch unter dem Namen Eric Wilhelm von Odrich bekannt. Alter: 54. Hautfarbe: weiß. Staatsangehörigkeit: deutsch. Größe: ca. 178. Gewicht: ca. 175. Haarfarbe: grau (?). Augen: blau (möglicherweise farbige Kontaktlinsen). Spricht Englisch ohne Akzent. Ferner: Dt., Ung., Ital., mögl. noch andere Sprachen. Militärischer Werdegang: Wehrmacht. Einsatzstab Reichsleiter Rosenberg (ERR). ERR verantwortlich für Diebstahl von Kunstwerken, die später in Thüringen (auch Goldbarren), Werfen (ungarischer Kunsttransport), Neuschwanstein und an anderen Stellen aufgefunden wurden. Zahlen noch heute vermißter Kunstwerke: 8740 Gemälde, 423 Gobelins und Wandteppische, 634 Marmorskulpturen, 1096 Bronzeplastiken (lt. Répertoire des

Biens Spoliés Durant la Cuerre 1939–45). Odrich wurde im Krieg als vermißt gemeldet. Vermutlicher Wohnsitz z. Z. in Italien unter angenommenem Namen. Verluste an italienischen Kunstschätzen belaufen sich heute auf 10 Mio. Dollar pro Jahr. Zumeist Diebstähle aus Kirchen.«

Dem Blatt war eine Reihe Fotos beigeheftet, die alle aus dem Filmstreifen von der Kommunionbank stammten. Das größte zeigte einen Mann mittleren Alters mit dem frommen, sanftmütigen Ausdruck des Provinzgeistlichen, ein Gesicht wie aus Sandstein, jeglicher individuellen Note beraubt. Die kleineren Fotos zeigten die anderen Priester, durchweg jüngere Männer.

Isadore schwenkte eines der Fernrohre in die Fifth Avenue und stellte die St.-Patricks-Kathedrale scharf ein.

»Ganz nett.« Roman reichte ihm das Blatt zurück.

»Ich habe für unsere Beobachtungsgruppen Kurzfassungen von diesem Bericht herstellen lassen. Da schauen Sie!«

Roman nahm widerstrebend Isadores Platz hinter dem Fernrohr ein und folgte seinem Zeigefinger.

»Wir haben vier Gruppen auf allen Seiten postiert. Die erste im zweiten Stock der erzbischöflichen Verwaltung.« Roman nahm das vornehme braune Herrenhaus ins Visier. »Die zweite über dem französischen Restaurant in der 51. Straße.« Das Teleskop erfaßte einen zeitunglesenden Mann in dem angegebenen Fenster. Der Mann blätterte gerade eine Seite um, und Roman sah den Lauf eines Gewehres aufblitzen. »Die dritte im Gebäude der Associated Press an der Fifth Avenue und die vierte im Kaufhaus Saks an der 50. Straße.«

Die Münze fiel, und das Teleskop schaltete sich ab.

»Sehen Sie, Roman, sie müssen heute nacht oder morgen kommen. Für Montag ist in der Kathedrale das alljährliche Großreinemachen vorgesehen. Dann wird es dort von Leuten der Reinigungsfirma nur so wimmeln. Es ist anzunehmen, daß Morton Odrich davon erzählt hat, und er wird nie das Risiko eingehen, daß die Krone von den Putzkolonnen entdeckt wird.«

»Sie haben ja alles bis ins kleinste durchdacht.«

»Außer den Beobachtungsposten habe ich vier Wagen zur Unterstützung eingesetzt. Reggel und seine Leute bewachen die Türen von innen.«

Neben dem Teleskop hatte jemand einen halben Riegel Schokolade liegenlassen. Roman brach ein Stück ab und warf es in die Luft. Die Möwe sackte wie ein Fahrstuhl nach unten und schnappte den süßen Bissen mit dem Schnabel auf.

»Für einen Zigeuner können Sie manchmal ein verdammter Spielverderber sein«, beklagte sich Isadore.

Romans Lachen verdarb den nächsten Wurf. Die Möwe kreischte enttäuscht, als der Bissen Schokolade außer Reichweite vorbeiflog.

»Schön, Sie haben also eine Falle aufgebaut mit einem Köder, den Sie nicht finden können, und Sie haben einen Mann, der nur auf dem Papier existiert. Das Problem ist nur, daß die falsche Krone heute abend nach Budapest ausgeflogen wird. Glauben Sie nicht, daß es sehr verdächtig sein wird, wenn Reggel nicht in der Maschine ist? Und bis morgen mittag werden sie auch wissen, warum nicht. Das ist nach unserer Zeit in den frühen Morgenstunden. Reggel wird in der Mission verhaftet werden, und Sie werden sich vor Leuten verantworten müssen, die weit größere Spielverderber sind, als ich es bin.«

»Wenn wir aber die Krone vorweisen können...«

»Zum Teufel mit der Krone!« Roman landete einen Volltreffer im Schnabel der Möwe. »Mir geht es um Reggels Leben. Glauben Sie etwa, ich hätte mich wegen der Krone auf diesen Job eingelassen? Ich bedaure jetzt nur, daß ich Sie mit hineingezogen habe.«

Isadore zuckte die Achseln. »Ach, wissen Sie, Roman, die Sache fängt gerade an, mich zu interessieren.«

Damit ließ er Roman allein. Roman blieb auf dem Aussichtsdach, bis die Abendmesse vorüber war. Vor der Kathedrale bildete sich eine Menschenmenge, die Zeuge der Heimreise der Krone werden wollte. Botschafter Nagy persönlich leitete die Sicherheitsmaßnahmen und traf mit den Transportbegleitfahrzeugen von der ungarischen Mission ein.

Roman trat an den Verkaufsstand auf dem Dach und bestellte einen Becher Kaffee. Er nahm den Becher mit zur Südseite des Dachs und warf eine Münze in eines der Teleskope, das mit dem Surren einer Zeitbombe zum Leben erwachte.

Er trank einen Schluck aus dem Becher und stellte ihn auf die Brüstung.

Das Objektiv kletterte an den getönten Fenstern des Pan American Building bis zum Dach empor. Unter einem riesigen Glaskäfig über dem Fahrstuhlausgang schob Nagy die Wachtposten aus dem Weg. Die Fahrstuhltüren öffneten sich, und die Truhe mit der Königskrone wurde zu dem bereitstehenden Hubschrauber getragen.

Roman sah, wie sich die Ungarn in der Hubschrauberkabine einschlossen, als die strahlgetriebenen Rotoren sich zu drehen begannen. Die Posten auf dem Dach hielten ihre Hüte fest, und der Hubschrauber ruckte vom Boden ab, es war mehr ein Aufwärtsfallen als ein Fliegen. Roman verfolgte den Hubschrauber, bis er in Richtung Flushing verschwand.

Kore und Dany warteten, als Roman nach Hause kam.

Auf dem Tisch lag ein Zeitungsartikel über die Ausreise der Krone und daneben drei Schiffskarten.

»Wir fahren morgen, Romano, falls du nicht beschlossen hast, Priester zu werden. In dem Fall brauchst du keinen von uns beiden.«

»Wir fahren doch, ja?« fragte Dany.

»Jugoslawischer Frachter. Fünftausend tiefgefrorene Long-Island-Truthähne und wir. Die Brüder Petulengro haben ein hochglanzpoliertes Auto gestohlen.«

Roman lenkte das Gespräch von dem verfänglichen Thema ab, indem er Danys Abendessen – ein Gericht aus ›Arme-Leute-Kaviar‹, kalten Auberginen und Knoblauch –

überschwenglich lobte. »Du solltest es wenigstens probieren, Kore.«

Dany schenkte Kore ein Bier ein. »Dann fahren wir also nicht«, sagte sie. »Wenn es so ist, die Fotografen haben mir erst heute wieder neue Aufträge angeboten. Was soll ich ihnen sagen? Daß wir nicht verreisen?«

»Das habe ich nicht gesagt.«

»Fahren wir nun morgen, oder fahren wir nicht?« wollte Kore wissen. »Die Ungarnkrone ist auf dem Heimweg. Gibt es einen anderen Grund, hierzubleiben? Wenn du uns wenigstens deine Gründe nennen würdest, aber du verschiebst es einfach von einem Tag auf den andern. Wir sind schließlich keine Vögel. Wir fliegen nicht einfach irgendwohin, nur weil du fliegst, und wir bleiben nicht, nur weil du bleibst.«

»Dann fliegt doch!« Roman schob seinen Teller zurück und stand auf – eine Geste, die weit überraschender kam als Kores Effekthascherei, weil Roman so selten die Geduld verlor. »Geht doch zu euren Modefotografen und euren Autodieben, geht, alle beide! Bin ich etwa der König der Zigeuner?!«

Als keiner der beiden Anstalten machte zu gehen, ging Roman. Dany und Kore, so plötzlich allein gelassen, sahen sich an. Dany schob dem rothaarigen Riesen Romans Teller über den Tisch zu. »Hier, es wird sonst warm.«

Nach einer angemessenen Weile beleidigter Rechtschaffenheit ließ sich Kore herab und griff zur Gabel. Dany nahm eine von Romans Zigaretten und rauchte schweigend.

Roman nahm den Weg durch den Central Park. Das Laub raschelte im aufkommenden Nachtwind, der die Gemüter der Rowdies und Herumtreiber abkühlte. Roman blieb ungestört. Es hatte leicht zu regnen begonnen.

Eigentlich hatte er so lange gehen wollen, bis sein Zorn gegen sich selbst abgekühlt war, aber unversehens stand er vor St. Patrick, und der Regen hatte zugenommen. Er probierte eine der Haupteingangstüren. Sie war unverschlossen, und er trat ein.

Die Kirche war völlig leer. Auch Reggels Wachen waren

nirgends zu sehen. Roman traute es dem Ungarn durchaus zu, daß er seine Männer in den Beichtstühlen postiert hatte. Neben der Reliquienkapelle stand eine Tür offen, hinter der eine Treppe zur Empore hinaufführte. Ungehindert erreichte er die Empore. Der Regen dämpfte seine Schritte, während von Zeit zu Zeit ein Blitz das Mittelschiff erhellte. Säulen tauchten auf und fielen wieder ins Dunkel zurück. Im nachfolgenden Donner knarrten die Kronleuchter, und hoch über dem Altar schwankten die verstaubten Kardinalshüte. Leicht beunruhigt näherte sich Roman der Orgelbühne. Das Licht der Blitze drang bis in die Beichtstühle hinein, und er sah, daß sie leer waren. Ein Arm legte sich plötzlich um seinen Hals und riß seinen Kopf mit einem Ruck nach hinten. Ein anderer Arm drückte sich in seinen Rücken.

Er prallte in Hüfthöhe gegen das Geländer, und seine Finger krallten sich an dem Stein fest. Ein Unterarm drehte mit der Gewalt einer Fußangel seinen Kopf weiter nach hinten. Seine Finger glitten an dem Steingeländer ab, und seine verzweifelt strampelnden Beine hakten sich um eine der schlanken Säulen auf der Hochgalerie. Der Arm um seinen Hals riß ihn von der Säule los, und die Fliesen des Fußbodens zwanzig Meter unter ihm wirbelten in sein Blickfeld. Vergebens suchten seine Arme nach einem Halt.

»Nicht…«, wollte er sagen, aber der Arm schnürte ihm die Kehle zu. Etwas Kaltes, Hartes bohrte sich in seinen Nacken, und an seinem Ohr klickte trocken der Hahn einer Pistole. Während sich die Mündung tiefer in seinen Hals bohrte, wurde der Arm langsam weggezogen.

»Ich bin's«, flüsterte Roman. Seine Hände bekamen die Geländerbrüstung zu fassen und verhinderten, daß er vornüberstürzte. »Ich bin's.«

Er spürte die Unentschlossenheit des Angreifers, aber das Gewicht des Mannes drückte ihn immer weiter nach vorn.

»Ziehen Sie mich zurück, Reggel! Oder wollen Sie mich umbringen?«

Der Hahn der Pistole sprang zurück. Ein Arm hob ihn hinter das Geländer und ließ ihn los. Roman fiel zu Boden und blieb auf dem Rücken liegen. Als erstes sah er die immer noch auf ihn gerichtete Pistole.

Reggel sah aus wie der Racheengel persönlich. Haar und Anzug waren schwarz vom Schmutz der entferntesten Winkel, in die er gekrochen war, und unter seinen roten Augen lagen dicke Ringe.

»Was machen Sie denn?« fragte Roman.

»Ich warte auf ihn. Und ich bringe ihn um.«

»In der Kirche?«

Ein Blitz zuckte hinter den blauen Fenstern der Marienkapelle. Reggels Pistole fuhr herum und wieder zurück zu Roman.

»Was Sie da über die Heilige Krone gesagt haben... daß sie selbst eine Fälschung ist... stimmt das, oder war es gelogen?« Roman starrte gebannt auf die Pistole. Er wartete auf das Aufflammen. Nach einer endlos scheinenden Minute ließ Reggel die Pistole sinken und trat an die Wand zurück.

»Ich bin überzeugt, daß es eine Lüge war«, sagte Reggel.

Roman stand vom Boden auf. Das Blut, das sich in Erwartung des drohenden Todes gestaut hatte, strömte in seine Hände. »Nennen wir es eine Hypothese, wenn Sie so wollen«, sagte er.

Reggel lehnte sich noch weiter in den dunklen Schatten zurück. »Ich habe Sie anfänglich wirklich für Odrich gehalten.«

»Und dann ist Ihnen klargeworden, daß Sie am liebsten auch mich umbringen möchten. Ich kenne das. Der Magyar in Ihnen bricht halt immer durch.«

Ein Donnergrollen schnitt Romans Worte ab. Unten betrat ein Mann die Kirche. Er war ohne Regenmantel und suchte Zuflucht vor dem Gewitter. Er lehnte sich an das Weihwasserbecken und hustete seine Lungen frei. Dann ging er weiter zu einem Tisch mit Votivkerzen, um sich die Hände zu wärmen. Reggel stand über das Galeriefenster gelehnt, als wolle er sich jeden Moment hinunterstürzen.

»Wann haben Sie zum letztenmal geschlafen?« fragte Roman. »Sie sehen schon Dinge, die gar nicht existieren.«

»Odrich werde ich sehen.«

»Vorausgesetzt, daß Sie in Ihrem Geisterwahn gerade an der richtigen Tür warten. Er hat alle Schlüssel, die auch Sie haben, er hat vier Männer bei sich, und er kennt sein Ziel. Sie dagegen stehen allein gegen ihn – der einsame Beschützer der Heiligen Krone –, und man wird Sie glatt über den Haufen rennen. Wenn es sein muß«, setzte er hinzu. »Aber so wie es um Sie steht, werden Sie vermutlich auf Geister schießen.«

»Ich bin nicht so dumm, wie Sie glauben. Die Kirche muß leer sein, damit Odrich mich zu der Krone führen kann. Ich werde ihn töten, und die anderen werden fliehen.«

Roman setzte sich auf die Brüstung, den Rücken an einen Pfeiler gelehnt.

»Sie sind ein Romantiker, Reggel.«

Der Mann unten, alles andere als ein Romantiker, schüttelte den Opferstock »Für die Armen«. Das Klappern des Inhalts konnte Roman wegen des Regens nicht hören, aber der Plünderer sah entmutigt aus. Er wanderte zum Schriftenstand und sammelte mit dem Eifer eines Konvertiten einen Armvoll Broschüren ein. Dann zog er sich mit seiner Beute in eine der Kirchenbänke zurück und krempelte die Hosenbeine auf. Zwei Pamphlete verschwanden in jeder Socke, ein halbes Dutzend unter der Hose und der Rest an weiteren strategischen Stellen seines Hemdes.

»Gegen die Kälte«, erläuterte Reggel das Treiben des Mannes. »Wir haben in Rußland genau dasselbe mit religiösen Büchern gemacht. Eine gute Bibel konnte notfalls eine Kugel aufhalten.«

Die Hände schützend um seine Rüstung gelegt, setzte der seltsame Besucher zum Sprint aus der Kirche an. Sie hörten seine Schritte im Vorraum, das Öffnen der Tür und das Rauschen des Regens.

»Da Sie schon einmal hier sind, bleiben Sie doch! Halten

Sie mich wach wie die *ciganyi,* die mit ihrer Musik die Soldaten in die Schlacht führten.«

Roman neigte den Kopf vielsagend zur Seite. »Sagten Sie nicht, das seien Kannibalen gewesen?«

Aber er blieb. Er und Reggel verbrachten den Rest der Nacht mit gelegentlichen Bemerkungen über die geplante Reise des Zigeuners. Reggel steigerte sich in eine Begeisterung, als würde er selbst mitreisen.

»Ihr werdet meine Gäste sein in Budapest, und wir werden auf der rechten Donauseite, in Buda, bleiben.« In seinem Gesicht zuckte es in Erinnerung an die Stadt. Während er sprach, tanzte ein Blitz vom Rockefeller Center die 50. Straße herauf. Roman starrte gebannt auf das Schauspiel von *son et lumière* durch die Buntglasfenster. Die schwarzen Umrisse eines Lindenblatts klebten plötzlich auf dem Rosengewand der heiligen Elisabeth, und die nächste Regenbö trug es wieder hinweg. »Was ist denn, Romano?«

»Nichts. Was sagten Sie?«

Bevor Reggel antworten konnte, ging die Kirchentür erneut auf. Kore kam herein, schüttelte den Regen von seinem Hut und trat an die hintere Bankreihe. Dany folgte ihm.

»Ich muß gehen, Reggel«, sagte Roman leise. »Sagen Sie mir nur noch, was aus Ihrer Drohung wird. Was geschieht mit den Roma in Ungarn?«

»Das liegt nicht mehr in meiner Hand. Die Befehle werden ausgeführt. Etwas anderes wäre es, wenn ich die Krone hätte.«

»Ich biete Ihnen die Heilige Krone für die Zigeunerkinder.«

Dany und Kore schauten sich um, aber sie sahen die beiden Männer auf der Empore nicht.

»Sie bluffen, Zigeuner! Sie können mir nicht weismachen, daß Sie die Krone haben.«

»Aber ich weiß, wo sie ist. Die Kirchendiener werden bald hier sein. Noch ist Zeit, Sie können jetzt gehen und von der Botschaft aus Budapest anrufen. Wir haben noch etwa eine

Stunde, bis die Experten in Ungarn herausfinden, daß man ihnen eine Fälschung geliefert hat. Sorgen Sie dafür, daß der Befehl zurückgenommen wird, und überlassen Sie alles übrige mir.«

»Woher wollen Sie wissen, daß ich auch tue, was Sie sagen?«

»Ich werde es früh genug erfahren. Und falls ich mich wegen der Krone geirrt haben sollte, können Sie Ihre Drohung immer noch wahrmachen.«

Dany war schon wieder an der Tür. Kore ließ ein verärgertes Knurren vernehmen und ging ihr nach.

»Sagen Sie die Wahrheit, Zigeuner! Ich will Ihnen ja glauben. Seit wann wissen Sie, wo die Krone ist?«

»Sie selbst, Kapitány, haben sie mir gezeigt, als Sie mich umbringen wollten.«

## 20

Auf dem Kennedy-Flughafen ging Csonka keinerlei Risiko ein, um die Überführung seines ehemaligen Chefs nach Budapest zu gewährleisten. Bis zum Abflug der Maschine sperrte er Reggel in eine Kabine der Männertoilette ein. Csonka selbst hielt ihn, lässig an eines der Waschbecken gelehnt, mit der Pistole in Schach, während ein zweiter Posten an der Tür lästige Störenfriede fernzuhalten hatte.

Trotzdem gelang es zwei Halbwüchsigen, sich an ihm vorbei in die Toilette zu stehlen. Sie waren so sehr in ihr Gerangel vertieft, daß sie die Ungarn mit ihren Pistolen gar nicht bemerkten. Die beiden dunkelhäutigen Burschen sahen einander ähnlich wie Brüder, und es dauerte nicht lange, bis der größere von beiden seinen Gegner am Boden hatte. Der kleinere schrie, als ginge es ihm ans Leben. Allerdings verstanden Reggels Bewacher kein Wort.

In einer übermenschlichen Anstrengung gelang es dem

kleineren Jungen, den größeren abzuschütteln. Ineinander verkeilt, taumelten sie gegen den Posten an der Tür und schlugen ihm wie zufällig die Waffe aus der Hand. Wie von ungefähr stieß ein Fuß die Pistole durch die Tür. Der Wachtposten kroch ihr auf allen vieren nach. Immer noch am Boden kniend, wich er langsam rückwärts in den Toilettenvorraum zurück, als Roman mit der Pistole hereinkam. Reggel nahm Csonka die Waffe ab.

»Kriegen wir jetzt auch eine Pistole?« fragte Racki Petulengro.

»Nein, ihr dürft den Wagen des Ungarn fahren«, sagte Roman. »Und diesmal hat er sicher nichts dagegen.«

Es war Nachmittag, und die jungen Leute kamen schon mit ihren Decken in den Central Park, um sich Plätze für das nächtliche Rock-Festival zu sichern. Bis zum Beginn der Show lieferten ihnen ihre Radios die begehrten Rhythmen. Die ungarische Krone wurde in den Nachrichten mit keinem Wort erwähnt. Auf den warmen Tag eine klare Nacht, und beim Auftakt des Festivals waren zwanzigtausend Kinder, Jugendliche und Hippies auf dem Rasen versammelt. Auf dem Times Square wichen Theaterbesucher den Prostituierten aus und warfen verstohlene Blicke auf die Pornofilmautomaten. Am Harlem River schaukelten junge Burschen an einem neuen Seil, das von der Highbridge herunterhing.

In einem Büroraum des Saks-Gebäudes gegenüber St. Patrick läutete das Telefon. Der Polizist am Schreibtisch stellte die Radioübertragung vom zweiten Durchgang des Spiels der Mets gegen die Phillies leise und nahm den Hörer ab. Nach einer Sekunde schaltete er das Baseballspiel ganz ab.

Sein Kollege, der mit Gewehr und Fernglas in einem dunklen Nebenzimmer saß, wartete ungeduldig auf den Fortgang des Spiels.

Der Polizist legte auf.

»Wie gefällt dir das? Das war die ungarische Mission. Wir sollen ihren Sicherheitschef festnehmen.«

»Wieso das?« kam die Antwort aus dem dunklen Nebenraum. »Der hat doch diplomatische Immunität.«

»Keine Ahnung. Angeblich weigert er sich, nach Ungarn zurückzukehren. Seine eigenen Leute haben Angst, ihn hochgehen zu lassen, also sollen wir es für sie machen. Verdammt miese Situation!«

Jetzt endlich erschien der Kollege mit Gewehr und verdutzter Miene in der Tür.

»Er soll da drüben sein...« Er zeigte durch die Jalousien zur Kathedrale hinüber. »Mit Isadore. Isadore hat uns aber verboten, uns in der Kirche blicken zu lassen, solange sich nichts abspielt. Kriegen wir nun unsere Befehle vom leitenden Beamten oder von irgendwelchen windigen Ungarn?«

»Ruf den Commissioner an, dann weißt du's!«

Es war 22 Uhr, sechs Stunden waren seit der Befreiung Reggels durch Roman vergangen.

Lynch war zur Hochzeit seiner Tochter auf Long Island, wo er während der Abwesenheit des Bürgermeisters dessen Landhaus für einen Empfang benutzte. Das Hausmädchen sagte am Telefon, der Empfang sei vorüber, und die Familie sei mit Freunden in ein Restaurant gegangen. Der Mann im Saks-Gebäude ließ sich die Nummer des Restaurants geben. Zwar war es üblich, daß der Commissioner jederzeit telefonisch erreichbar war, aber in dem Restaurant war Lynch auch nicht. Chief Detective Alvan Meyer meldete sich sofort. Von seinem Schlafzimmertelefon aus befahl der Vielgeplagte seinen Leuten im Saks-Büro, sich bis zu seinem Eintreffen nicht von der Stelle zu rühren. Seine Frau half ihm beim Anziehen, aber da er auf Staten Island wohnte, war es bereits Mitternacht, als er bei Saks eintraf. In seiner Begleitung war der Leiter des 17. Reviers. Lynch war noch immer nicht ausfindig gemacht worden.

»Ausgerechnet jetzt muß er verschwinden«, knurrte Meyer.

Es war allgemein bekannt, daß der Chef bei der Ernennung zum Commissioner übergangen worden war. Widerstrebend schlurfte er zu dem Straßenplan an der Wand. Acht rote und blaue Fähnchen umrahmten die Kathedrale.

»Ich denke, die Krone ist längst wieder in Ungarn.«

»Ist sie auch, aber Isadore schwört, daß Odrichs Bande heute nacht zuschlagen wird.«

»Zuschlagen?« Meyer nahm das Blatt mit Odrichs Lebensdaten vom Tisch und las es durch.

»Blau sind Beobachtungsposten rund um die Kirche und Rot sind unsere Fahrzeuge, neutral und mit Zivilbesatzung.« Aus nervöser Angewohnheit erläuterte der Mann die Fähnchen auf der Wandkarte.

Meyer legte das Blatt aus der Hand. »Isadore hält sich wohl für einen Propheten, zum Teufel! Was heißt, eine Bande wird zuschlagen, wenn die Kirche leer ist? Und warum ist Isadore nicht hier, wenn dies der Befehlsstand ist?«

»Das weiß ich auch nicht. Er wollte ja nicht einmal ein Funkgerät mitnehmen.«

»Sechzehn Polizisten rund um eine leere Kirche.« Meyer schob die Hände tief in die Taschen. »Und der Ungar. Möchte wissen, wer da wem eine Falle stellt.«

Meyer ging in den verdunkelten Nebenraum hinüber und stellte sich ans Fenster. Sein erster Gedanke war, in die Kathedrale zu gehen, dem Ungarn Handschellen und Isadore eine Zigarre zu verpassen. Nicht daß er etwas gegen Isadore gehabt hätte, aber dies war Meyers erste Gelegenheit, Lynch in Verlegenheit zu bringen. Was ihn jedoch zurückhielt, lag schräg unten in seinem Blickfeld: die kleine weiße Residenz des Kardinals. Nur Killane konnte der Grund dafür sein, daß Lynch so viele Leute zu einer nutzlosen Beobachtungsaktion abgeordnet hatte, und es war schon ein Unterschied, ob man einen Commissioner in Verlegenheit brachte oder einen Kardinal aufs Korn nahm. Was bot sich da noch als Lösung an? Die Sache persönlich in die Hand zu nehmen, aufpassen, daß der Ungar nicht entwischte, und eine Meldung in der *Times* lancieren, wie viele Leute hinter dem Rücken ihres direkten Vorgesetzten fehleingesetzt worden waren.

»Sollten wir nicht wenigstens versuchen, den Vertreter von Lynch zu erreichen?« wagte der Revierleiter vorzuschlagen, als Meyer wieder ins Zimmer kam. Der Instanzenweg verlief von Lynch zu seinem Vertreter, und niemand war sich dieser Tatsache mehr bewußt als Meyer.

»Es handelt sich hier um eine Aktion meiner Abteilung, egal, wer sie angeordnet hat«, suchte Meyer seine Stellung zu behaupten. »Wenn Sie mit Ihren Uniformierten uns unbedingt helfen wollen, können Sie ja die Gegend einmal gründlich durchkämmen.«

Bis zwei Uhr morgens hatte sich nur ein einziger verdächtiger Typ in dem feinen Kamm der Polizei verfangen, und der war Agent von BOSSI. Das Bureau of Special Services and Investigation hatte Reggel auf eigene Faust überwachen lassen, um seine Dokumentation über die Ungarn-Amerikaner auf den neuesten Stand bringen zu können.

»Nun hören Sie mal gut zu!« drang Meyer in den Mann. »Die ungarische Mission ruft uns ungefähr alle zehn Minuten an, wir sollen in die Kathedrale einmarschieren und ihren Captain verhaften, weil er nicht schon längst im Flugzeug sitzt. Was wissen Sie darüber?«

Der Mann von BOSSI bat um die Erlaubnis, seine Zentrale anrufen zu dürfen, ehe er diese Frage beantwortete. Es dauerte zwei Minuten.

»Okay«, sagte er dann. »Wir sind Reggel bis zum Flughafen gefolgt. Er hatte eine Reservierung für eine tschechoslowakische Maschine mit Anschluß nach Budapest. Aber er muß es sich wohl anders überlegt haben, denn er ist, zusammen mit einer Gruppe Zigeuner, in die Stadt zurückgefahren und hat sich in einem leerstehenden Wohnhaus an der Houston Street eingenistet. Aber warum fragen Sie mich? Detective Isadore hat doch selbst Reggel in der Houston Street abgeholt und ihn hierher zur Kirche gebracht. Fragen Sie Isadore!«

»Isadore! Darum also hat er kein Funkgerät mitnehmen wollen – damit wir ihn nicht fragen können!« platzte Meyer heraus.

»Sollten wir jetzt nicht doch den Vertreter von Lynch anrufen?« schlug der Revierchef erneut vor.

»Kommt nicht in Frage!« ließ Meyer ihn abblitzen. »Wir gehen in die Kirche. Lassen Sie den Kardinal kommen!«

Inzwischen nahmen die Ereignisse in der Stadt, wie in einem defekten Planetarium, ihren Lauf.

Ein U-Bahn-Zug blieb auf der Strecke liegen und ließ Hunderte von heimwärtsstrebenden Rock-Fans an der Station Columbus Circle sitzen. Berittene Polizisten versuchten in Unkenntnis der Störungsursache, die wogende Menge Jugendlicher in den U-Bahn-Schacht zurückzudrängen. Jemand holte mit einer gut gezielten Flasche Apfelmost einen Polizisten aus dem Sattel, und im Handumdrehen war der schönste Krawall im Gange.

Ähnliche Schwierigkeiten gab es in Harlem. Ein paar Schwarze überfielen mit vorgehaltener Pistole ein Spirituosengeschäft, und als die Diebe ihr Heil in der Flucht suchten, verfolgte sie der Ladenbesitzer mit seiner eigenen, nicht registrierten Pistole. Er tötete einen von ihnen; nur waren die Augenzeugen an der Lenox Avenue sich nicht ganz einig, ob der weiße Ladenbesitzer auch den richtigen Schwarzen erwischt hatte. Er rannte eilig in seinen Laden zurück und verschanzte sich hinter der dreifach gesicherten Tür. Da er seine Türen und Fenster ohnehin mit engmaschigem Drahtgeflecht geschützt hatte, fühlte er sich einigermaßen sicher, bis plötzlich die Fensterscheiben unter Einwirkung einer Schrotflinte zerbarsten. Von allen Seiten strebten Polizeifahrzeuge auf den Schauplatz des Geschehens zu, wurden jedoch von Bewohnern der Nachbarschaft mit Barrikaden aus brennendem, nicht abgeholten Müll gestoppt. Natürlich hätten die Leute längst Feuer an den Laden gelegt, wenn sie sich nicht den Kopf darüber zerbrochen hätten, wie man den Spirituosenvorrat den Flammen entreißen könnte.

Die Polizisten im Saks-Gebäude hatten den Hörer kaum aufgelegt, als es erneut klingelte. Lynchs Vertreter erkundigte sich angelegentlich nach den Gründen für Lynchs Abwesenheit und Meyers Anwesenheit. Das 22. Revier forderte mehr schwarze Zivilpolizisten für den Einsatz in der Lenox Avenue. Die Befehlsstelle im Central Park verlangte alle verfügbaren Männer für Columbus Circle. Und was ist mit Reggel? wollten die Ungarn wissen.

Als Killane endlich im Saks-Büro eintraf, wollte Meyer eben hinausgehen.

»Ich möchte Ihnen nur sagen, Kardinal, daß wir auf dem Weg in die Kathedrale sind, um einen Mann in Gewahrsam zu nehmen. Es handelt sich um einen ungarischen Sicherheitsoffizier, der sich dort unbefugt aufhält, und die Festnahme erfolgt auf Verlangen der ungarischen Mission.«

Killane hatte sich die Zeit genommen, seinen Kardinalsumhang anzulegen. Er breitete ihn sorgsam über die Armlehnen seines Sessels, um das kostbare Kleidungsstück nicht zu zerknittern. Meyer trat gereizt von einem Fuß auf den andern. »Ich gehe jetzt«, sagte er mit Nachdruck.

»Wer hat Sie zu diesem Schritt ermächtigt?« fragte Killane.

Monsignore Burns reichte dem Kardinal Feuer für seine Zigarette, stellte einen sauberen Aschenbecher bereit und setzte Meyer davon in Kenntnis, daß der Kardinal mit »Eminenz« anzureden sei.

»Eminenz, wir haben uns heute nacht mit einer Reihe von Krawallen zu beschäftigen. Ich muß einige unserer Leute von ihren Beobachtungsposten hier abziehen, und ich kann daher die Verhaftung des Ungarn nicht länger hinauszögern. Zu weiteren Erläuterungen fehlt mir ebenfalls die Zeit.«

»Was hat der Mann getan?«

Meyer sah gequält auf seine Armbanduhr. Der Kardinal hatte genau dreißig Minuten gebraucht, um von seiner Residenz über die Straße herzukommen.

»Kardinal... Eminenz, ich habe eine Anzeige erhalten. Und ich werde jetzt den Mann festnehmen, meinen Beamten, der bei ihm ist, vor die Tür setzen, und dann werde ich endlich die Arbeit tun können, für die die Stadt mich bezahlt.«

Killane blieb gelassen wie die Spinne in ihrem Netz. »Zeigen Sie mir die Anzeige, Chief Meyer.«

Meyer geriet merklich aus dem Tritt. Die Verwendung seines Namens erinnerte ihn daran, daß er, ein Jude, mit einem katholischen Kardinal sprach, und das im Beisein von katholischen Polizisten aus seiner Abteilung.

»Sehen Sie, Eminenz, es handelt sich hier um eine polizeiliche Überwachung der Kirche. Und ich brauche für Personen, die sich unbefugt in polizeiliche Belange einmischen, keine schriftliche Anzeige.«

»Er handelt in meinem Auftrag.«

»Und ich im Auftrag des Commissioners«, schoß Meyer zurück.

»Sehen Sie.« Killane lehnte sich bequem zurück und machte sich auf ein längeres Ausharren gefaßt. »Warten wir also auf Commissioner Lynch!«

Meyer war für den Augenblick am Ende, und er wußte es.

»Also gut, Eminenz, ich werde nicht in die Kirche hineingehen, weil ich Wichtigeres zu tun habe. Zu diesem Zweck brauche ich jedoch jeden meiner Männer, die hier eingeteilt sind. Bei etwas mehr Entgegenkommen wären wir sicher zu einer tragbaren Lösung gekommen. Unter den gegebenen Umständen sehe ich mich leider gezwungen...«

Killane mußte mit anhören, wie Meyer seinem Mann am Schreibtisch den Befehl gab, sämtliche Fahrzeuge und Beobachtungsposten abzuziehen.

»Wir können Sergeant Isadore nicht erreichen«, sagte Meyer. »Er soll auf seinem Posten bleiben.«

Die Zivilbeamten folgten mit Funkgerät und Gewehr ihrem Chef aus dem Zimmer. Die Geistlichkeit war unter sich.

»Eminenz waren großartig«, applaudierte Burns.

»Jawohl, so großartig, daß St. Patrick jetzt schutzlos dasteht.«

»Was werden Sie tun?«

Killane warf Burns einen nachsichtigen Blick zu. Der Monsignore war beruhigt: Endlich einmal schien der Kardinal eine Antwort zu haben.

## 21

Um vier Uhr morgens waren die Straßen um St. Patrick so leer wie die Beobachtungsposten. Die wenigen parkenden Fahrzeuge gehörten der Reinigungsfirma, die am Montag früh mit der Arbeit in der Kirche beginnen würde. Die gekennzeichneten Polizeiwagen, die sonst regelmäßig die Fifth Avenue befuhren, waren im Spezialeinsatz an der 125. Straße und der Lenox Avenue. Lynch hatte sich endlich bei seinen Leuten eingefunden, und der Bürgermeister hatte, telegrafisch aus Chile, alle seiner sorgenvollen Teilnahme versichert.

Die Türen des mittleren Reinigungswagens wurden auseinandergeschoben, ein Mann huschte hinaus und ging geradewegs auf die Tür in der Rustikamauer zu. Er schloß die Tür auf. Der Schlüssel, den er dazu benutzte, war aus Hartgummi, so daß der Stromkreis einer elektrischen Alarmanlage nicht geschlossen wurde. Vier weitere Männer stiegen aus dem Wagen. Odrich, mit frisch sprießenden weißen Stoppelhaaren über der Stirn, schloß die Türen. Selbst wenn die Beobachter auf ihrem Posten über dem Restaurant geblieben wären, wäre es unwahrscheinlich gewesen, daß sie ihn gesehen hätten. Die Rückseite des Lieferwagens stand schräg zum Restaurant, und der Blick auf die Tür zum Kesselraum wurde durch die Reihe parkender Fahrzeuge versperrt.

Odrich ging als erster in den Kesselraum. Alle fünf Männer trugen schwarze Pullover, schwarze Hosen und Tennisschuhe; zwei hatten außerdem Nylonseile mit Epauletten auf ihren Schultern befestigt. Am anderen Ende des Raums, in einer Ecke, die bereits unter der Kirche lag, schloß Odrich die Tür zu einer eisernen Wendeltreppe auf.

Isadore sah auf das Leuchtzifferblatt seiner Uhr. Es war 4 Uhr 10. Neun Stunden waren vergangen, seit er hier auf der Priesterbank des Beichtstuhls Platz genommen hatte, weil Roman diese Stelle als die beste zur Beobachtung der Heiligen Krone bezeichnet hatte. Nicht daß er die Krone etwa sehen konnte. Aber sie mußte einfach da sein, denn wo sonst sollte sie sein? Nur hier konnte sich das perfekte Versteck befinden. Und außerdem mußte sie ganz einfach da sein, weil sonst Isadore seine Stellung verlieren würde.

Er blickte durch das Beichtgitter zu Roman hinaus. Der Zigeuner war auf der Bank eingeschlafen. Typisch, dachte Isadore bei sich. Er wandte seine nachlassende Aufmerksamkeit der Tafel zu seinen Füßen zu. Jeder Eingang der Kathedrale war elektrisch an diese Tafel angeschlossen. Ein rotes Licht würde aufleuchten, sobald auch nur ein Schlüssel in eines der Schlüssellöcher gesteckt wurde. Die Tafel blieb dunkel. Isadore rieb seine verkrampften Beine.

Der Beichtstuhl gegenüber auf der anderen Seite des Hauptschiffs stand halb offen. Dort war Reggel postiert. Schon in der ersten Stunde war er der hypnotisierenden Kraft der flackernden Kerzen verfallen. Jetzt, nach weiteren acht Stunden, zauberte das unstete gelbrote Licht ein Lächeln auf die Gesichter der Marmorstatuen, manchmal ein teilnahmslos freundliches Lächeln, manchmal aber auch das spöttisch überlegene Lächeln jener, die selbst eine Krone tragen.

Reggels Pupillen leuchteten in der Dunkelheit.

Isadore hörte ein Kratzen am Gitter. Roman war wach und zeigte nach oben. Isadore lauschte, hörte nichts und hob fragend die Brauen. Der Zigeuner zeigte erneut nach oben. Isadore schaute auf die Tafel. Nichts rührte sich – kein Licht. Isadore schüttelte den Kopf. Roman hielt jetzt zwei Finger hoch und zeigte nach oben.

Das Adrenalin begann in Isadore zu zirkulieren. Die Stille änderte daran nichts. Er öffnete den Vorhang gerade so weit, daß er Reggel sehen konnte. Der Ungar saß reglos wie eine Statue. Isadore knöpfte sein Jackett auf, tastete nach dem Revolver in seinem Gürtel und schaute noch einmal durchs Gitter.

Diesmal zeigte Roman zur anderen Seite des Altarraums. Isadores Blick wanderte noch einmal zu der Anzeigetafel. Noch immer nichts. Scheißtafel! dachte er und zog den Revolver.

Romans Gesten waren jetzt völlig eindeutig. Isadore zog den Vorhang zurück und blickte zu der Empore an der Südseite des Altarraums hinauf. Zunächst sah er außer den Säulen nichts, und als sich etwas zwischen ihnen bewegte, war es so schwach, daß er glaubte, es sei nur seine Einbildung. Die Bewegung kam näher, und er erkannte einen Kopf.

Odrich lehnte sich zuversichtlich über die Brüstung und überblickte die leere Kirche.

Roman war keineswegs enttäuscht. Das Gesicht auf der Empore hatte hagere, starke Züge, der teilweise rasierte Schädel betonte die hohe Stirn. Nirgends war eine Spur von Zweifel zu erkennen, und die blassen Augen blickten ruhig und gelassen. Es war das Gesicht eines Mannes, der sich durchaus bewußt ist, daß er in seinen mittleren Jahren physisch und geistig noch gefährlicher einzuschätzen war als je zuvor. Ein Gesicht wie in Silber graviert.

Zwei jüngere Gesichter erschienen neben Odrich an der Brüstung. Die anderen Priester, dachte Roman.

Einer der Männer kletterte auf die Galeriebrüstung. Er balancierte, ging in die Knie und sprang ab. Anderthalb Meter vor der Brüstung erhaschte er die Kette eines Kronleuchters. Als die Kette zur Empore zurückpendelte, hielt sie Odrichs zweiter Begleiter fest. Alles in allem machten sie nicht mehr Lärm als der Wind, der über die Fenster streicht.

Der Mann auf der Empore zog die Kette näher zur Wand. Sein Freund kletterte mit der Gewandtheit eines Artisten an der Kette hinauf bis zu ihrem Ende in der Nische eines Lichtgadens etwa dreißig Meter über dem Boden. Er rollte seinen Pullover über die Hüfte hoch, und darunter kam ein breiter Gürtel mit Steighaken zum Vorschein.

Alpenkorps! fiel es Isadore wieder ein.

Von der Empore aus wurde die Kette hin und her bewegt, so daß der Kletterer seine Haken zu beiden Seiten des Fensters in der Bleifassung anbringen konnte. Dann ließen seine Hände die Kette los, und die mit seinem Gürtel verbundenen Steighaken fingen seinen Fall auf und hielten ihn vor dem Buntglasfenster in der Schwebe.

Nun hörten Roman und Isadore auch auf ihrer Seite des Altarraums die gleiche weiche Landung eines Körpers an einer Kronleuchterkette und das leise Flüstern, als die Kette aufgefangen wurde. Der Mann vor dem Südfenster löste das Seil von seiner Schulter. Isadore sah zu Reggels Beichtstuhl hinüber. Reggel hatte nichts gehört und nichts gesehen. Die steinernen Gesichter der Statuen hielten ihn mit ihrem geheimnisvollen Grinsen in Bann.

Wie riesige Vögel sahen die beiden Männer aus, wie sie da oben zu beiden Seiten des Altarraums, zehn Stockwerke über dem Boden, frei schwebten. Ihre Köpfe streiften die Pfeiler zwischen den Fenstern, und fast in Reichweite hatten sie die mächtigen Rippen der Decke, die hier strahlenförmig von drei granitenen Sonnen ausgingen. Sie waren weit über den Punkt hinaus, wo die Polizei gesucht hatte, und Roman konnte auch verstehen, warum. Zwischen den Flächen, Medaillons und Rippen dieser gotischen Vision des Himmels war nicht eine einzige Stelle, die als Versteck für die Heilige Krone hätte dienen können.

Das Seil flog unter der Decke zur anderen Seite hinüber und wurde aufgefangen. Roman sah zu, wie der Mann am Südfenster sein Seilende an den Steighaken befestigte, und nahm an, daß das gleiche auch auf der Nordseite geschah.

Odrich kletterte an der Kronleuchterkette hoch. Wenn überhaupt etwas auffiel, dann die noch größere Schnelligkeit und Behendigkeit als bei den jüngeren Männern. Wie ein Vogel, der sich nicht sicher ist, ob er landen soll oder nicht, legte er oben am Fenster an und ergriff fast ohne jeden Übergang das über den Chor gespannte Seil und sprang ab.

Auf Isadores Schalttafel glühte ein rotes Licht auf, aber der Detektiv hatte es längst aufgegeben, darauf zu achten.

Odrich hangelte Hand über Hand an dem Seil entlang, sein Schatten glitt hinter ihm her über das grüne Deckengewölbe.

Der Zigeuner hatte wieder einmal recht, davon war Isadore nun überzeugt.

Odrich hielt in der Mitte des Seils an, seine Füße baumelten über dem Altarbaldachin. Über ihm, im letzten Stern des Deckengewölbes, war eine Taube. Und von der Taube hing ein Kardinalshut herab.

Vier Hüte hingen von der Decke, und sie hingen alle still, aber während des Gewitters waren dort oben drei schwarze Ringe vor einem feststehenden blutroten Ring hin und her gependelt. Roman hatte es genau sehen können, als Reggel ihn von der Empore zu stoßen versucht hatte.

Odrich wischte die Quasten aus seinem Gesicht und langte durch die Drähte, die an der breiten Krempe befestigt waren. Er hob den falschen Deckel ab, und ein stumpfer goldener Glanz erhellte das Dunkel.

Odrich zog die Heilige Krone vorsichtig an ihrem Kreuz hervor. Roman und Isadore rissen die Vorhänge ihrer Beichtstühle auf. Von Reggel sahen sie keine Spur.

Odrich schwang die Beine um das Seil und hielt die Krone mit einer Hand fest an die Brust gedrückt. Er hatte gerade begonnen, sich dorthin zurückzuhangeln, woher er gekommen war, als plötzlich alle Lichter in der Kathedrale angingen.

Killane stand an der Lichtschalttafel schräg hinter dem Altar. Er hatte ein feierliches Meßgewand angelegt.

»Schluß mit dem schändlichen Treiben! In Seinem Namen!« Isadore war mit einem Satz aus seinem Beichtstuhl und winkte den Kardinal mit beiden Händen zurück. Der Mann am Südfenster zielte mit einer .22er Automatic auf Isadores Magen. Die Waffe war gewählt worden, weil sie kompakt und relativ leise ist, mehr für die kurze Distanz als für größere Entfernungen. Roman tauchte aus seinem Beichtstuhl auf, als sich der Schuß löste.

Die .22er machte weniger Lärm als das Zufallen einer Tür, aber Isadore ging zu Boden. Roman zog ihn hinter eine Bank des Seitenschiffs.

»Ich bin nicht getroffen, verdammt noch mal!« wehrte sich Isadore.

Licht und Lärm hatten Reggel aus seinem Bann befreit. Er war im Südschiff und zielte, ohne Rücksicht auf die Männer an den Fenstern und auf der Empore, auf Odrich. Reggel stand mit weit gespreizten Beinen mitten im Gang und hielt die Waffe mit beiden Händen.

»Sagen Sie Ihren Männern, sie sollen aufhören zu schießen, Oberst, oder ich töte Sie!«

Odrich wippte an dem Seil auf und ab, die Krone fest umklammert. Von den Fenstern waren zwei .22er auf Reggel gerichtet. Odrich schätzte, daß wenigstens eine von ihnen treffen würde, aber nur ein Schuß ins Auge oder direkt ins Herz würde Reggel daran hindern, seinerseits zu schießen.

»Kapitány, überlegen Sie gut! Wenn Sie mich erschießen, was wird aus der Krone?« rief er nach unten.

»Es wäre nicht das erste Mal, daß sie beschädigt wird. Sagen Sie ihnen, sie sollen die Waffen herunterwerfen.«

Während Odrich noch überlegte, stand der kleine, rundliche Beamte, von dem er geglaubt hatte, er sei tödlich getroffen worden, plötzlich wieder auf den Beinen. Isadore richtete seinen Revolver auf Odrich.

»Nein, Reggel. Machen wir einen Tausch. Die Heilige Krone für den Kardinal. Keine Bewegung!« warnte Odrich, als Isadore einen Schritt vortrat. »Sonst würden wir alle aufeinander schießen, statt miteinander zu reden. Immerhin haben wir vier Pistolen gegen Ihre zwei, und der Kardinal ist ein alter Mann.«

Reggel sicherte sich mit den Füßen einen noch festeren Halt und hielt den Atem an.

Odrich erkannte Reggels Absicht im letzten Moment. Er drehte seinen Kopf, so weit er konnte, zur Decke.

Der Schuß aus Reggels Pistole war eine Explosion im Vergleich zu der .22er. Das Seil riß. Odrich hielt sich fest und sauste mit dem Kopf nach unten hängend auf das Buntglasfenster zu. Er prallte zurück, wirbelte an dem losen Seilende um die eigene Achse. Die Krone hielt er noch immer fest im Arm.

Das Fensterglas war nicht zersplittert, weil Odrichs Aufprall von dem Mann, der vor dem Südfenster hing, abgefangen worden war. Der Mann war zwar noch vor dem Fenster, aber er schwebte nicht mehr. Sein Leibgürtel war gerissen und hing leer am Fensterrand herunter. Selbst Reggel ließ seine Pistole sinken.

Der Mann stand mit ausgestreckten Gliedern vor den Trifoliendekorationen des oberen Fensterteils. Mit letzter Kraft drückte er Hände und Fersen gegen das Mauerwerk und bewahrte sich so vor dem Absturz. Die Untenstehenden sahen, wie sich sein Körper langsam über den Altarraum hinabneigte und wie er mit weit aufgerissenen Augen zu seinem Komplicen am gegenüberliegenden Fenster hinüberstarrte.

Der Mann auf der Empore unter ihm versuchte, die Kronleuchterkette in seine Nähe zu bringen, aber Odrich war im Weg.

»Jozsef!« schrie Odrich, am Seil hängend, zu ihm hinauf. »Der Gürtel!«

Der Kopf des Mannes drehte sich langsam in die vermeintliche Richtung des Gürtels. Ein Fuß rutschte an dem Stein ab. Er streckte die linke Hand aus. Der Gürtel hing über einen Meter entfernt von seinen Fingerspitzen, zwischen dem Fenster und einem Pilaster, von dem aus die Rippen zum Dekkengewölbe emporstiegen.

»Spring!« befahl ihm Odrich.

Als auch sein anderer Fuß abrutschte, sprang er.

Sein Körper drehte sich geschickt in der Luft. Er landete zwei Spannen zu tief, in Höhe der Rippen, die zur Mitte der Kirche aufstiegen, und konnte sich eine Sekunde lang festhalten. Er warf einen flehenden Blick zu Odrich, ehe er den letzten Halt verlor. Hilfesuchend streckte er den Arm aus, als er abstürzte. Odrich klammerte sich mit einer Hand an sein Seil, und mit der andern hielt er die Krone.

Der Mann, den er Jozsef genannt hatte, schlug hinter dem Chorgestühl auf. Der andere Kletterer sah fasziniert zu, wie ein Schuh des Toten die Altarstufen zur Kommunionbank hinunterrollte. Dann riß er sich von dem Anblick los und starrte ungläubig zu Odrich hinüber.

Die Kette pendelte in Reichweite des Kletterers. Die Kettenwinden wurden in Gang gesetzt, und Kronleuchter und Männer sanken langsam von der Decke herab.

Roman und Isadore rannten durch den Gang auf ihrer Seite zum Haupteingang, während die drei, die Odrich im Stich gelassen hatten, den anderen Seitengang hinunterhasteten. Die kurze Sprintstrecke war offensichtlich zuviel für den korpulenten Isadore. Er fiel immer weiter zurück, und als die fünf Männer im Vorraum des Hauptportals zusammen trafen, keuchte Isadore wie eine Dampfmaschine.

Als erster zur Tür hinaus war ein großer Blonder, den Roman aus dem Kabrio kannte. Roman war unmittelbar hinter ihm. Danach folgten zwei von Odrichs Männern. Der zweite drehte sich um und richtete seine Waffe auf Isadore, der sich mit einem für seinen Körperumfang erstaunlichen Hechtsprung auf die Beine des Gegners warf. Der Mann ging zu Boden und riß seinen Kameraden mit.

Draußen rollten Roman und der Blonde die Treppe hinunter auf den Bürgersteig. Der Blonde kam als erster auf die Beine und wollte seine Pistole ziehen. Er richtete sich schnell auf, als er sie in Romans Hand sah.

Odrich hatte sich an der Kette nur einen Teil des Weges abwärts tragen lassen. Er sprang mit der Krone auf die Empore. Auch Reggel kümmerte sich nicht weiter um die Männer, die vor dem Altar herunterkamen, und lief die Treppe zur Empore hinauf.

Die Empore war leer, als Reggel oben ankam. Die Tür am Ende stand offen. Reggel blieb stehen, wo er war, und feuerte aus seiner Pistole. Das 7.65er Geschoß durchschlug beide Seiten des nächstgelegenen Luftgebläses. Dann zielte er auf das dahinterliegende.

Odrich kam schießend hinter dem zweiten Gebläse hervor. Er war durch die offene Tür verschwunden, ehe sich Reggel wieder vom Boden erhoben hatte.

Wo stecken nur all die Polizisten, die angeblich hier sein sollen? fragte er sich.

Hinter der Tür lag ein Gebiet, das Reggel erst einmal zuvor betreten hatte: ein unbeleuchteter hölzerner Verbindungssteg zwischen den beiden Emporen auf der Nord- und Südseite. Der Steg führte durch den freien Raum zwischen der Kuppeldecke über der Marienkapelle und dem steilabfallenden Kupferdach. Dort würde Odrich in aller Ruhe warten, bis er sich in dem beleuchteten Türrahmen sehen ließe.

Reggel drückte sich eng an die Wand neben der Tür. Unten im Altarraum kniete Killane vor einem Schuh und einer Socke, die hinter dem Chorstuhl hervorragten.

»Er ist tot, Kardinal. Sie können es mir glauben!«

Reggel zielte auf die Schalttafel neben dem Altar. Mit dem ersten Schuß verlöschten die Lichter im Chorumgang. Der zweite führte den erwünschten Kurzschluß herbei, und in der Kathedrale wurde es stockdunkel.

Reggel stürmte durch die Tür. Schon nach wenigen Schritten trat er auf eine Farbdose, die mittem im Weg stand. Er stürzte vornüber und kroch auf Händen und Knien weiter, bis er wieder auf die Füße kam. Zweimal hörte er den dumpfen Knall von Odrichs .22er. Reggels Wange blutete, aber er hätte nicht sagen können, ob von einer Kugel oder dem Sturz.

Der Holzsteg bog am Ende der Apsis rechtwinklig ab. Reggel prallte gegen das Geländer und fiel zurück. Odrich schoß wieder, und Reggel spürte, wie die Kugel seine linke Wade durchschlug.

Noch einmal stieß er gegen ein Geländer, dann ließ er sich auf ein Knie nieder und machte eine Vierteldrehung nach links. Der Lärm seiner Automatic übertönte Odrichs .22er und hallte wie ein Glockenklöppel ringsum vom Dach wider. Teile der Tür hinter Odrich splitterten auf die Nordempore hinaus, und bei seinem letzten Schuß flog die Tür auf.

Während Reggel noch am Boden hockte, fühlte und hörte er, wie Odrich wieder auf den Steg zurückkletterte und unverletzt auf die Empore hinauslief. Odrichs Vorsprung betrug höchstens sechs Meter, aber er war verschwunden, als Reggel am Ende der Säulenempore ankam.

Reggel rannte den gleichen Weg zurück. Neben der zersplitterten Tür bemerkte er eine kurze Treppenflucht. Mit einem Sprung war er oben und warf die Arme hoch. Ein mit Teerpappe überzogener Lukendeckel klappte nach außen, und Reggel stemmte sich aufs Dach hinaus.

Auf drei Seiten war er von spitzen, mit Kreuzblumen verzierten Türmchen umgeben. Auf der vierten Seite sah er direkt auf die 50. Straße hinunter.

Reggel wollte gerade umkehren, als er das goldene Blinken bemerkte, das sich über das obere Dach bewegte. Es war, als hätte Odrich einen Satz von fünfzehn Metern und mehr gemacht.

Reggel fand das Seil, nach dem er suchte; es hing neben einem Fenster. Er sah auch, warum Odrich nach oben und nicht nach unten geflohen war. Die Straßen füllten sich mit Autos und Polizisten. In fieberhafter Eile, die Füße gegen das Fenster gestützt, hangelte er das Seil empor.

Odrich hatte das Futter aus der Krone gerissen und sie über einen Arm gestreift, damit er beim Klettern über die Schieferplatten des Daches die Hände frei hatte. Aber die schwere Krone behinderte ihn doch, und Reggel war bereits auf der Dachfläche, als Odrich den First erreichte. Nichts ahnend lief Odrich an den mannshohen Firstaufbauten aus vergoldetem Messing entlang, die sich über den gesamten Dachgrat erstreckten.

Das Dach bildete die Form eines Kreuzes. Am Querbalken angekommen, sah Odrich die Polizeiwagen auf der Fifth Avenue. Zum erstenmal spürte er, daß er müde wurde.

Reggel konnte Odrichs Fluchtweg an der Krone, die an seiner Hand baumelte, leicht verfolgen. Odrich blieb stehen, um seine nächsten Schritte zu überlegen. Reggel schlich im Schutz der mannshohen Firstaufsätze langsam an ihn heran.

Die Krone bewegte sich nun auf ihn zu, und Reggel duckte sich hinter einen der Bögen. Von der Straße drangen Rufe herauf, so bedeutungslos wie die Lichter der Wolkenkratzer. Odrich hielt nur etwa drei Meter von ihm entfernt an, um Atem zu schöpfen. Die Heilige Krone setzte er auf eine der Bogenspitzen.

Reggel hatte kaum den ersten Schritt vorwärts gemacht, als Odrich herumwirbelte und schoß. Die Kugel durchschlug Reggels Brust, seine Beine knickten ein. Eine Hand klammerte sich um eine Stange des Firstgitters und bewahrte ihn vor dem endgültigen Absturz, aber sein Herz pochte so wild, als wollte es sich von den Arterien losreißen. Sein Gesicht lag heiß auf den kalten Schieferplatten, und in seinen Ohren dröhnte es. Er spürte, wie sich das Blut in seinem Mund sammelte.

»Es funktioniert immer«, sagte Odrich, so als ob er sich soeben einen Beweis geliefert hätte. »Zeige ihm die Heilige Krone, und er verliert den Verstand. Es ist das einzige, worauf man sich bei ihm verlassen kann.«

Er beugte sich hinunter und drückte den Lauf seiner Pistole an Reggels Schläfe. Bevor er schießen konnte, begannen plötzlich die Glocken des Nordturms zu läuten. Odrich lächelte amüsiert. »Der Kardinal, was? Ein Hilferuf?«

Sein amüsiertes Lächeln schwand, als er merkte, daß sich Reggels freie Hand um seinen Knöchel gekrampft hatte. Er versuchte, die Hand mit dem anderen Fuß abzustreifen, aber mit seinen leichten Turnschuhen war er dazu nicht imstande.

»Das ist doch Dummheit, Reggel! Laß los, und ich werde nicht schießen.«

Reggel ließ die Gitterstange los und packte Odrichs Knöchel mit beiden Händen. Der Ungar versuchte nicht etwa, sich hochzuziehen. Er zog nach unten.

»Auf diese Weise kommt keiner von uns beiden davon, Reggel.«

Reggel fand mit den Füßen Halt auf dem steilen Dach und richtete sich auf. Schwankend und mit letzter Kraft zerrte er an Odrichs Bein. Sein Hemd und seine Hose waren rot.

»Das ist doch Wahnsinn!«

Odrich feuerte, bis die letzte Kammer leergeschossen war. Er warf die Pistole weg und drehte sich um, aber seine freie Hand erreichte das Firstgitter nicht. Die Hand, mit der er sich festhielt, glitt langsam ab.

Reggel hatte beide Füße seines Gegners gepackt. Es sah aus, als ginge er aufrecht die Dachschräge hinunter.

»Magyar!«

Der Schrei drang von der Straße zum leeren Dach hinauf.

In dem allgemeinen Gedränge zu den auf die Straße gestürzten Körpern wurden auch Isadore und Lynch auf die Strebepfeiler an der Südseite der Kathedrale zugeschoben. Männer mit Tragbahren und Kameras eilten herbei. Der Suchscheinwerfer eines Streifenwagens erfaßte die Heilige Krone oben auf dem First. Roman ließ alle an sich vorbeiziehen und verschwand unbemerkt in entgegengesetzter Richtung.

# 22

Das Pferd war hochgewachsen und schneeweiß. Der Junge hielt Romans Taille eng umschlungen, während sie um Pulikas Lagerplatz ritten.

»Man sieht nicht mehr viele von ihnen in der Stadt«, bemerkte Isadore. Er und Dany beobachteten die Szene aus dem Park, der an den Wohnplatz des Zigeuners angrenzte.

»Deshalb wollen wir ja fort, wenn Sie nichts dagegen haben«, sagte Dany.

»Haben Sie eine Ahnung, wie viele verschiedene Ermittlungsverfahren wegen der Krone angelaufen sind? Und alle wollen sie so schnell wie möglich an Roman heran.«

Sie hörten Pulikas aufgeregtes Gejohle, als Roman das Pferd mit einem leichten Klaps zum Galoppieren animierte. Ein Hund lief mit begeistertem Gebell hinterher.

»Warum sind Sie so versessen auf die Abreise?« fragte Isadore.

»Es ist die Zigeunerin in mir.«

Er sah Dany mit einem schmerzlichen Lächeln an. »Sie reden schon genau wie Roman. Vielleicht sind Sie schon zu lange mit ihm zusammen.«

»Ich kann und will es nicht ändern.«

Romans Zeit war abgelaufen. Das Pferd galoppierte vom Platz in den Park und den Hügel hinauf, wo Dany und Isadore auf ihn warteten.

»So, da bin ich! Wieder in Schutzhaft«, sagte er, während er vom Pferd glitt.

Die blauen Augen des Jungen überraschten Dany.

*»Sarishan!«* grüßte sie.

*»Sarishan!«* erwiderte er ihren Gruß.

Roman streichelte die Nüstern des Pferdes und wies ihm die Richtung zum Lager zurück.

»Und nicht zu wild!« ermahnte er den Jungen. »Es ist ein braves Pferd. Es bringt dich ganz allein nach Hause.«

Der Junge grub seine nackten Füße in die Flanken des Pferdes. Es nahm den Abhang im Schrittempo, aber sein Gesicht hatte einen verklärten Ausdruck, als rasten sie mit dem Wind um die Wette.

»Ich wußte ja gar nicht, daß Sie Romani sprechen«, sagte Isadore zu Dany.

»Man lernt nie aus.«

Isadore hatte seinen Ford außer Sichtweite von Pulikas Lager geparkt. Sie gingen schweigend zum Auto. Ehe er die Tür öffnete, suchte Isadore in seinen Taschen, bis er einen Kaugummi fand.

»Der Kardinal wird heute vormittag vernommen«, sagte er. »Sie kommen an die Reihe, sobald wir zurück sind von diesem Abstecher. Was passiert denn nun, wenn Sie mir bis dahin verlorengehen sollten?«

Dany zog zwei Pässe aus ihrer Handtasche.

»Und was ist mit deinem Koffer?« fragte Roman. »Wir können nicht mehr in die Stadt, um ihn zu holen.«

»Seit wann braucht eine *chi* einen Koffer?«

»Wie recht sie hat!« pflichtete Isadore ihr bei. »Man lernt wirklich nie aus.«

Sie verabschiedeten sich von Isadore noch auf der Staten-Island-Seite der Narrows. Roman und Dany nahmen ein Taxi, das sie über die Brücke zum Flughafen brachte.

»Wenn dies das Zigeunerleben ist, dann wird es mir schon gefallen.«

Roman küßte sie, während das Taxi sie über die weite Bucht fuhr.

»Und wie gefällt dir dies?« fragte er.

Laß dein rotes Blut und mein rotes Blut
In einem Strom zusammenrinnen.
Laß es eine Mühle treiben,
Eine Mühle mit drei Steinen:
Der erste Stein soll weiße Perlen geben,
Der zweite Stein soll Kleingeld geben,
Der dritte Stein soll Liebe wecken.

»Sehr gut«, sagte Dany. »Stammt das von Zigeunern?«

»Nein, seltsamerweise nicht. Es ist ungarisch.«

Noch einmal warfen sie einen Blick auf Manhattan, ehe sich die Brücke nach Long Island hinabsenkte.

»Hast du es von Reggel?«

»Ja«, log Roman, denn er wußte, daß niemand sonst einen Grabspruch für Reggel sagen würde.